마음을 다스리면 희망이 보인다

마음을 다스리면 희망이 보인다

개정판 1쇄 발행 2003년 4월 30일
개정판 2쇄 발행 2003년 7월 25일

지은이 권소연
펴낸이 김철수
편   집 유정림
디자인 김현민
마케팅 김진태 · 김규형
관   리 최경석 · 이세호

펴낸곳 지원북클럽
등   록 1996년 12월 3일 제10−1371호
주   소 서울시 마포구 상수동 231번지 호수빌딩 301호
전   화 (02)322−9822~5 | 팩스 (02)322−9826

ISBN 89−86717−84−0 03810

마음을
다스리면
희망이
보인다

권소연 지음

우리 안의 숨겨진 보물, 희망

지금은 새벽 3시가 넘은 시간이지만 멀리 외곽 순환도로에서는 자동차 소리들이 끊이지 않고 들려옵니다. 모두가 휴식을 취해야 하는 이 깊은 밤에도 사람들은 각자의 발걸음을 멈추지 않습니다. 모두들 어떤 목적을 가지고 어디로 달려가는 걸까요?

그런 사람들 속에는 새벽 영업을 하는 택시기사나 화물을 실어 나르는 장거리 트럭운전사도 있을 것이고, 고단한 몸을 이끌고 새벽일을 나가는 사람, 아니면 이제야 고된 일을 마치고 따뜻한 집으로 귀가하는 사람도 있을 겁니다.

우리의 인생은 참으로 고단하여 밤낮도 없이 움직여야 하는 때가 많습니다. 그래도 하루 벌어 하루 먹고 사는 일이 어려운 사람들이 허다합니다. 늘 경제적으로 궁핍하고 가족 누군가가 아프고, 골치 아픈 일은 산적해 있어서 마음의 평안을 얻기란 내 몫이 아닌 듯 여겨지기도 합니다. 그저 단 하루라도 아무 걱정 없는 날이 있다면 얼마나 행복할까 하고 혼자 중얼거려 봅니다.

어쩌면 우리의 고단함은 '타인과의 비교'라는 나쁜 습성에서 기인된 것은 아닌지 모르겠습니다. 자신도 모르게 나보다 더 높은 위치에 있는 사람들만 바라보며 사는 것은 아닐까요. 그런 모습으로 살다가는 언젠가는 뒤로 젖혀진 목이 굳어져 돌이킬 수 없게 될지도 모릅니다.

이제는 눈에 보이는 타인이 아니라 눈에 보이지 않는 '자신'의 모습을 살펴볼 때입니다. 모든 것이 '나'로부터 시작된다는 진실을 깨닫는 순간, 내 발목을 움켜잡고 있던 고리들이 끊어지는 것을 경험할 수 있을 것입니다. 그 때 조금이라도 억눌렸던 마음에 자유를 느낀다면, 그것이 바로 현재의 나를 새롭게 변화시킬 수 있는 원동력입니다.

마음을 다스리면 희망이 보입니다. 이 책이 많은 사람들에게 잠시 편안히 쉴 수 있는 나무그늘이 될 수 있으면 좋겠습니다. 그저 앞으로 내달리기보다는 긴 숨을 들이쉬며 과거와 현재를 꼼꼼히 살필 수 있는 여유를 가진 사람이 인생에서 승리할 수 있습니다. 진정으로 가치 있는 삶이 어떤 것인지를 알아가는 것이 돈이나 명예보다도 소중하기 때문입니다. 자신을 믿고 희망을 포기하지 않는다면 우리 안의 숨겨진 보물을 발견할 수 있을 겁니다.

권소연

■ 차례

3. 믿음과 용기를 주는 편지

1
희망의 씨앗을 심는 시간

판도라의 상자

판도라는 그리스 신화에 나오는 인류 최초의 여자입니다. 제우스 신은 신의 소유였던 불을 훔친 인간들이 밉고 괘씸했습니다. 불을 훔친 죄로 프로메테우스에게 형벌을 내렸지만 화가 풀리지 않았습니다.

어느 날 제우스 신은 대장장이 헤파이스토스에게 진흙으로 사람을 빚으라고 명령을 내렸습니다. 얼마 후 훌륭한 미인이 만들어졌습니다. 바느질의 신 아테네는 그녀에게 화려한 옷을 지어 주었습니다. 아프로디테는 간드러진 애교와 교태를 주었고, 그리움과 몸이 나른해지는 시름도 주었습니다. 헤르메스는 염치없는 마음씨와 교활한 성미를 각각 주었습니다. 이리하여 판도라가 탄생하게 되었습니다. 판도라라는 이름은 '모든 선물을 합친 여인'이라는 뜻입니다.

신들은 그녀에게 상자 하나를 들려 프로메테우스의 동생 에피메테우스에게 보냈습니다. 그리고 절대 상자를 열어보지 말라고 주의를 주었습니다.

앞일을 내다보는 프로메테우스는 동생에게 미리 그녀를 받아들이지 말라고 주의를 주었으나, '나중에야 정신을 차리는' 에피메테우스는 그만 아름다운 판도라를 맞아들이고 말았습니다.

어느 날 판도라는 매우 심심했습니다. 에피메테우스는 출타중이었고, 문득 상자를 열어 보고 싶다는 생각이 들었습니다. '절대로 열지 말라'는 신들의 주의는 갈수록 그녀의 호기심을 자극할 뿐이었습니다. 마침내 판도라는 단단히 봉해진 상자의 뚜껑을 열었습니다. 하얀 연기 같은 것이 피어올랐습니다. 상자에서 빠져나간 것들은 '절망, 미움, 분노, 울분, 시기, 두려움, 고통' 등 인간을 고통에 빠지게 하는 것들이었습니다. 깜짝 놀란 판도라가 얼른 상자의 뚜껑을 닫았습니다. 그러나 이미 나올 것은 다 나오고 오직 밑바닥에 깔려 있던 '희망'만이 상자에 남았을 뿐이었습니다.

인간이 고통에 빠져 살 수밖에 없는 이유는 신화대로라면 판도라 때문인지도 모릅니다. 그녀가 상자를 열지 않았다면, 온갖 악한 것들은 세상에 나오지 못했을 테니까요. 그러나 판도라는 여인 자체는 바로 인간의 모습입니다. 호기심 많고, 허영심 많고, 질투하고, 심심해하는. 누구의 잘못 때문이건 이제 우리에게 남은 것은 '희망' 하나입니다.

암살당한 미국 대통령 존 F. 케네디는 희망에 대해서 다음과 같이 말했습니다.

"우리가 고통 속에 있다고 해서, 희망을 추구하는 것을 억제해서는 안 된다."

희망이 없으면 노력 또한 없습니다. 노력하면 미래는 있습니다. 그러나 단순히 막연한 '희망'에만 의지해 나태해지는 것은 피해야 합니다.

노력 없는 희망은 우리의 삶을 변화시킬 수 없습니다. 희망을 품고 정진해 나갈 때, 헤밍웨이의 말처럼 태양은 다시 떠오릅니다.

판도라의 상자는 인간이면 누구나 가지고 있습니다. 당신의 마음속에 감추어진 그 판도라의 상자 속에서 희망을 꺼내세요. 그것만이 우리가 고통과 괴로움을 이겨낼 수 있는 유일한 힘일 테니까요.

진짜 가난한 사람

어느 날 두 사나이가 랍비를 찾아와 상담을 부탁했습니다. 한 사람은 그 마을에서 제일가는 부자였고, 또 한 사람은 매우 가난한 사람이었습니다.

두 사람은 대기실에서 기다리게 되었는데, 부자가 조금 일찍 왔기 때문에 먼저 랍비의 방으로 안내되었습니다. 그리고 나서 한 시간쯤 지나 부자는 방에서 나왔습니다.

가난한 사나이가 그 다음으로 랍비 방에 들어가게 되었습니다. 그러나 랍비와의 상담은 단 5분으로 끝났습니다. 가난한 사나이는 화가 났습니다. 누구는 한 시간씩 상담해 주고 자신은 겨우 5분이라니, 굉장한 차별을 받았다고 느낀 것이었습니다.

가난한 사나이는 랍비에게 항의했습니다.

"랍비님! 부자가 찾아왔을 때 당신은 한 시간이나 응대해 주셨습니다. 그런데 저는 단 5분입니다. 이게 공평한 노릇인지요?"

그러자 랍비는 이렇게 대답했습니다.

"자아, 당신의 경우에는 가난하다는 것을 바로 알아차렸소. 그런데 그 부자의 경우에는 마음이 가난한 것을 알아차리기까지 한 시간이나 걸렸단 말이오."

위의 이야기는 단순히 가난한 사람을 위로하는 이야기가 아닙니다. 성경에도 나오듯, 부자가 천국에 들어가는 것은 낙타가 바늘구멍 통과하는 것보다 어렵다고 합니다. 그만큼 재물을 소유하고 있다는 것은 마음의 평안을 얻기가 힘들다는 뜻입니다.

혹여 당신이 지금 가난하다고 해서 절망할 필요는 없습니다. 진짜 가난은 경제력의 크기에 있는 것이 아닙니다. 사실 가난이라는 무거운 짐은 쇠뭉치나 돌덩이를 지고 가는 것보다 훨씬 더 고통스럽습니다. 물론 가난하다고 다 천국에 가는 것도 아닙니다. 가난이 부끄러움이 될 수는 없지만, 그 자체가 미덕이나 선이 될 수도 없습니다. 물질주의가 팽배한 사회에 살고 있는 현대인은 좀더 편안하고 안락한 생활을 위해 '가난'을 탈피하기 위해 부단히 노력하고 있습니다.

메르시에는 「인간을 찾는 자」라는 글에서 이런 말을 했습니다.

"인간은 가령 노동자로 전락했더라도, 자신의 아들에게 산뜻한 옷을 입히고 싶어 하는 어머니의 마음을 잃지 않는다. 가난한 사람은 가난한 대로 있는 힘을 다하여 자신의 불행을 숨기고 싶어 한다."

그렇습니다. 우리는 우리의 가난을 숨기고 싶어 합니다. 남들에게 잘난 척하고 싶고, 남들이 소유한 만큼 가지고 싶어 합니다. 그것은 바로 가난한 자의 '희망'입니다. 그러나 그 희망을 이루기 위해 올바른 수단과 방법을 사용하지, 수단과 방법을 가리지 않고 오직 부를 소유하려고 애쓰지는 않습니다. 바르게 나의 소망을 이루는 것, 그것이 우리가 추구해야 하는 삶의 미덕일 것입니다.

마틴 루터는 "희망은 강한 용기이며 새로운 의지이다."라고 말했습니다. 희망은 피곤에 지친 우리들의 꿈이며, 마음의 안식처입니다.

보다 많이 가지기를 바라는 것보다는 보다 적게 가지는 것을 택하는 것이 현명할 수도 있습니다. 이것은 그냥 지금의 수준에 만족하라는 의미가 절대로 아닙니다. 과한 욕심은 우리의 희망을 깎아먹는 악덕이 될 수도 있다는 의미입니다.

침몰하지 않으려거든 노를 잡아라

카이사르는 로마의 장군이자 정치가였습니다. 귀족출신이었으나 평민당에 접근하여 폼페이우스 등과 삼두정치를 행한 사람으로, 후에 이집트를 원조하여 클레오파트라와 연인 사이가 되었지요. 그러나 카이사르는 황제가 되려는 야망을 가졌다는 혐의로 암살당했습니다. 공화제를 옹호하는 부르터스와 카시우스의 음모에 의해서였죠.

카이사르가 살아 있었을 때 애깁니다. 카이사르가 어느 날 작은 배를 타고 바다를 건너고 있었습니다. 그런데 별안간 거대한 폭풍우가 일면서 순탄하기만 했던 항해가 난관에 부딪치자 배에 타고 있던 사람들은, 이제 마지막이구나 하는 절망감에 사로 잡혔습니다. 심지어 평생을 배와 더불어 살아온 늙은 사공까지도 "하느님이시여! 저희들을 살려주소서." 하며 하늘만 우러러볼 뿐이었습니다. 카이사르는 이 광경을 노기 찬 얼굴로 보고 있다가 자리에서 벌떡 일어서면서 벼락같이 사공을 꾸짖었습니다.

"노를 잡아라! 이 카이사르가 타고 있는 한 아무 걱정 없다. 배가 침몰하다니 말이 되는가?"

물론 배는 침몰하지 않았습니다. 카이사르가 폭풍우에 휘말려 죽었다는 얘기는 그 어떤 역사서에도 전해지지 않으니까 말이죠. 그러나 만약 그 순간, 카이사르의 불호령이 떨어지지 않았다면 늙은 사공은 노를 젓는 일에 최선을 다했을까요? 벌벌 떨면서 계속 '하느님'만 찾으며 기도만 하고 있었다면 어떻게 되었을까요. 아마도 카이사르는 그때 그 바다에 묻혀 후세까지 그의 이야기가 전해지지 않았을지도 모릅니다.

'카이사르가 타고 있는 한 아무 걱정 없다.'는 말을 생각해 봅시다. 정말 대단한 자신감의 표현입니다. 내가 있는 한 그 어떤 두려움도, 고난도 헤쳐갈 수 있다고 생각한 것입니다. 그런 자신감이 카이사르를 로마의 영웅으로 만들었는지 모릅니다.

역사 속에 등장한 숱한 영웅들을 보면 그들이 가지고 있는 공통점이 있습니다. 그것은 바로 '자신에 대한 믿음'입니다.

당신은 자신에 대해 어느 정도의 신뢰를 가지고 있습니까? 사실 많은 사람들이 어려운 일에 닥쳤을 때 당당하게 "내가 있는 한 아무 걱정 없다."라고 외치지 못합니다.

그러나 카이사르도 우리와 똑같은 인간일진대 그가 과연 엄청난 자연재해 앞에서 조금의 두려움도 없었을까요?

그 위기의 순간 '노를 잡아라!' 라고 외친 카이사르는 남들보다 위기에 대처하는 능력이 조금 더 뛰어났을 뿐입니다. 그의 자신감은 천재지변도 이길 수 있다는 '오만'이라기보다 고난에 맞서 최선을 다하려는, 인간만이 가진 강한 의지에서 기인된 것일 겁니다.

영국 속담에 보면 "자신(自信)은 성공의 으뜸가는 비결이다(Self trust is the first secret of success)."라는 말이 있습니다. 누구나 성공하기를 바라지만, 아무나 성공하는 것은 아닙니다. 물론 자신감만 있다고 해서 성공하는 것도 아니지요. 그만큼 세상은 만만하지 않으니까요. 그러나 위의 속담에서도 말했듯, 으뜸가는 비결은 될 수 있습니다. 자신도 믿지 못하면서 무엇인가를 이루려 한다는 것은 어불성설일 겁니다.

카이사르의 태도를 마음에 담아 둡시다. 카이사르가 있는 한 아무 걱정도 없듯이, 당신이 있는 한 헤쳐 나갈 수 없는 절망은 없습니다. 오히려 당신이 있는 한 희망만이 보일 뿐이지요. 왜냐하면 지금 당신은 인생의 주인공으로 우뚝 서 있기 때문입니다.

자신감은 자신을 믿는 것에서부터 시작합니다. 자신도 믿지 못하면서, 무엇인가를 이루려 한다는 것은 어불성설입니다. "자신(Self trust, 自信) = 자신을 믿는 것." 자신감은 바로 스스로를 믿는 것에서부터 시작합니다.

천사들의 회의

아주 오랜 옛날 신과 천사들이 인간과 함께 살았을 때의 이야기입니다.

인간들의 악행이 점점 더 극심해지자, 화가 난 신은 천사들을 시켜 인간에게 벌을 주라고 명령했습니다. 천사들은 인간에게 무슨 벌을 주어야 할까 고심을 하다가, '희망'을 감추는 것이 가장 큰 형벌이라고 결론을 내렸습니다. 희망을 숨겨버리면 인간들이 가장 고통스러울 것이라고 생각했던 것입니다.

그리고는 천사들이 모여 회의를 시작했습니다. '희망'을 어디에 감추어야 인간들이 찾을 수 없을까를 의논하기 시작했지요.

먼저 한 천사가 말했습니다.

"높은 산꼭대기에 숨겨 놓으면 어떨까요?"

그러자 우두머리 천사가 가만히 고개를 저었습니다.

"인간들은 모험정신이 강하기 때문에 아무리 높은 산 위에 숨겨 놓아도 금세 찾을 게 틀림없어."

다른 천사가 의견을 내놓았습니다.

"그렇다면 비밀성을 세우고, 수많은 미로를 만들어 놓은 다음 숨기면 어떨까요?"

대장 천사는 또 고개를 가로 저었습니다.

"인간들은 너무 영리해. 아무리 복잡한 미로라도 언젠가는 풀어낼 거야."

천사들은 한숨을 쉬었습니다. 세상 별별 곳이 다 나왔지만 인간들이 다 찾아낼 수 있을 것 같았습니다. 시간이 흘러도 마땅히 '희망'을 숨길 만한 곳이 없었습니다. 천사들은 이제 '희망'을 숨길 곳이 없다고 생각했습니다. 하지만 그때 우두머리 천사가 말을 꺼냈습니다.

"희망을 숨길 마땅한 장소가 떠올랐네."

"그 곳이 어딘가요?"

"바로 인간의 마음속일세. 제아무리 인간들이 모험정신이 강하고 영리하다고 해도, 마음속에 숨겨진 희망을 찾아내진 못할 걸세."

천사들은 무릎을 치며 대장 천사의 말에 동의했습니다. 그리고 희망을 인간의 마음 속 깊은 곳에 꽁꽁 숨겨두었습니다.

우두머리 천사는 인간을 너무나 잘 파악하고 있는 것 같습니다. 우리는 외적으로 보이는 것은 어느 누구보다 잘 알고 싶어 합니다. 그러나 정작 중요한 사람의 마음을 알아가려는 노력은 하지 않을 때가 많습니다. 또 노력한다고 해도 마음을 헤아린다는 것은 정말 어려운 일입니다.

내 마음을 나도 모르겠어, 라고 우리는 말하곤 합니다. 그것이 사람의 마음입니다. 우리의 마음속에는 사랑도 있고 미움도 있고, 자신감도 있고 패배감도 있습니다. 자랑도 있고 교만도 있고 겸손도 있습니다. 사악한 마음이 부글부글 끓는가 하면 아름다운 자비심이 가득 차기도 합니다. 이 알 수 없는 마음들을 꿰뚫어 보고, 절제하고 가다듬는 것이 우리 삶의 길입니다.

'희망'은 바로 우리 마음속 가장 깊은 곳에 감추어져 있습니다. 당신 마음속에 있는 희망을 버려둔 채 혼자서 슬퍼하고 절망하지 마세요. 당신은 늘 '희망'을 간직하고 살고 있으니까요.

우리는 희망을 찾으려고 높은 산에 올라갈 필요도 없고 미로를 헤맬 필요도 없습니다. 그저 가만히 마음을 가다듬고 꼭꼭 닫힌 우리 마음을 열기만 하면 됩니다. 그리고 그 속에서 우리를 밝은 미래로 인도해 줄 '희망'을 꺼내 손에 쥐기만 하면 됩니다.

미완성의 그릇

세상에는 참으로 많은 그릇이 있습니다. 늘 밥을 담아 먹는 밥그릇, 정갈해 보이는 흰 접시, 두툼하니 투박한 멋을 풍기는 옹기그릇에서 황홀한 빛을 발하는 크리스털잔도 있습니다. 혹은 이가 빠져 곧 버려질 그릇이 있는가 하면 아무리 오래 되었어도 소중한 추억이 담겨져 차마 버리지 못하고 두고두고 아끼는 그릇도 있습니다.

처음 그 그릇들이 만들어졌을 때는 용도가 분명했을 테지만 세상 그릇들이 모두 제 역할을 다 하고 있지는 않지요. 그렇다면 그것이 자의든 타의든 늘 쓰이는 그릇과 먼지에 쌓인 채 버려지는 그릇은 어떤 차이점이 있는 것일까요?

부엌 싱크대 그릇장을 열면 별의별 그릇을 다 볼 수 있지요. 그 중에서는 늘 쓰이는 그릇에서, 1년에 한 번 쓸까말까 한 그릇, 단지 장식용으로 놓여져 있는 그릇까지 제각기 자리를 차지하고 있습니다.

지금 일어나 부엌으로 가서 싱크대를 열어 보세요. 그 안에서 가장 마음에 드는 그릇을 하나 골라 가만히 들여다보세요. 그 그릇의 쓰임새가 무엇입니까? 장미꽃 무늬가 선명한 정갈한 접시인가요? 아니면 시원한 화채를 담을 수 있는 넓은 볼인가요? 혹은 간장을 담아 식탁 중앙에 놓여지는 작은 종지인가요? 그 무엇이든 간에 당신이 고른 그릇은 제각기 쓰임새가 있을 겁니다.

쓸모없는 그릇은 자리만 차지하고 앉아 언제 한 번 제 용도를 다할까 당신의 손을 기다리고 있겠지요. 그러다가 이사라도 가게 되면 버려질 수도 있고, 혹은 소중하게 다루지 않아 깨어져 버릴지도 모릅니다. 그러나 쓸모가 있는 그릇이라면 주인의 손길이 애틋해서 소중하게 다루겠지요.

하지만 쓸모 있는 그릇과 쓸모없는 그릇의 차이는 그다지 크지 않습니다. 사람도 이와 같습니다. 대범하지 못한 사람을 두고 '그릇이 작다.'라고 표현하는 것도 여기에서 기인한 것이겠지요.

공자의 제자 중에 자공이라는 사람이 있었습니다. 어느 날 자공이 스승인 공자에게 이렇게 물었습니다.

"선생님께서 저를 보시기에 저는 어떤 사람입니까?"

그러자 공자가 대답했지요.

"너는 그릇이다."

자공이 다시 스승께 물었습니다.

"그릇이라면 중요한 물건을 담을 수 있는 것인데, 그릇 중 과연 어떤 그릇입니까?"

공자가 제자를 바라보며 이렇게 대답했습니다.

"호연이다."

호연(瑚璉)이란 옛 종묘제사에서 기장과 피를 담는 그릇으로 옥으로 만든 제기(祭器)를 말합니다. 즉, 그릇 가운데서도 제기라 하였으니 자공이 그 만큼 중요한 재목이라는 뜻이었지요.

그러나 아무리 공자가 제자 자공을 호연이라 생각했다 한들, 그 자신이 스스로 노력하지 않는다면 제대로 쓰일 리가 만무할 것입니다.

당신은 그릇입니다. 그것도 제사에 쓰일 정도로 중요한 그릇입니다. 그러나 지금은 제대로 완성되지 않은 미완성의 그릇입니다.

아니, 위의 말들은 다 틀린 말입니다. 당신은 그릇이 아닙니다. 그릇보다 몇 천 배, 몇 만 배는 중요한 사람입니다. 당신이 앞으로 어떤 사람이 될지, 어떤 큰일을 할지 아무도 예측할 수 없는 미래를 가진 큰 사람입니다.

그릇은 주인의 손길을 기다리는 존재이지만, 당신은 자신의 미래를 스스로 개척할 수 있는 가능성과 능력이 있는 사람입니다. 그리하여 당신이 주인이 되어 필요한 자리에 쓸모 있는 그릇을 선택하여 적절히 사용할 수 있습니다. 그렇게 할 수 있느냐, 없느냐는 당신에게 달려 있지요.

그릇은 주인이 씻어주고 닦아주고 사용합니다. 그러나 사람은 제 스스로 씻고, 갈고, 닦지 않으면 정작 필요가 있을 때 제 용도로 쓰이지 못합니다. 그것이 그릇과 사람의 차이점일 것입니다. 큰 목적을 가지고 세상에 존재하는 당신이 할 일은 이제 스스로를 가꾸어 가는 하루하루의 노력입니다.

쓸모없는 존재는 없다

우리가 말을 할 때나 글을 쓸 때 무수히 많은 단어가 사용됩니다. 한 문장의 의미를 전달하는 중요한 단어에서부터 그 단어와 단어를 연결해 주는 역할을 하는 단어, 뜻을 강조하거나 정확한 전달을 위해 사용되는 단어 등 역할과 기능에 따라 쓰임새가 각기 다릅니다.

이러한 단어들의 완전한 조합을 위해 중요한 기능을 하는 것이 우리말의 품사 중 조사입니다.

조사는 기능에 따라 격조사, 접속 조사, 보조사로 구분됩니다. 그러나 사실 따지고 보면 조사는 혼자서는 어떤 기능도 할 수 없는 존재입니다. 그래서 "도대체 조사 따위가 뭐가 중요해?"라고 되물으시는 분도 있을 겁니다.

하나의 조사는 그 존재감이 불투명하지만, 전체를 이루는 데 있어서는 매우 중요합니다. 즉, 우리가 세상을 살아 나가는 데 있어서 '아무리 둘러봐도 불필요한 것은 절대로 없다.' 라는 철학적 생각을 '조사'를 통해 깨달을 수 있습니다.

중국의 글인 한자(漢字)에서 또한 '언(焉), 호(乎), 야(也)' 등의 어조사가 있습니다. 이들 어조사는 실질적인 뜻은 없고 다만 다른 글자의 보조 역할로만 쓰이는 것입니다. 그러나 글귀를 성립 시키고 말을 만들어 나가는 데 없어서는 안 되는 글자들이 곧 어조사들입니다.

우리가 맛있는 요리를 할 때도 주된 재료와 부재료가 있습니다. 스테이크 하나를 굽더라도 고기만 썰어 구워 낸다면 아무도 그 스테이크를 맛있다고 하지 않을 겁니다. 고기를 잘 저며 그 속에 소금과 후추로 간을 해야 합니다. 그리고 고기 맛을 돋울 수 있는 소스도 빠질 수 없습니다.

간이 안 된 음식은 아무리 모양새가 훌륭하다 하더라도 사람들이 맛있게 먹을 수 없습니다. 사람들이 맛있게 먹게 하는 것, 그것이 바로 양념의 힘입니다. 소금이 들어가지 않은 맹탕 소고기국을 먹을 바에야, 차라리 소금간이 적절하게 들어 있는 김칫국을 먹겠습니다. 아닌가요?

지금 당신의 모습을 돌아보세요. 중요한 사람, 꼭 필요한 사람이 되겠다고 밤낮없이 노력하고 있지만, 정작 중요한 조사와 양념은 너무 소홀히 여기고 있는 것은 아닌지요.

언젠가 유명한 외국 사진작가의 사진을 본 적이 있습니다. 그

작품 속에는 열댓 살쯤 되어 보이는 소녀가 걸레를 들고 차를 닦고 있었습니다. 그 눈빛이 너무나 강렬하고 반항적이어서 아주 인상에 남았었지요. 그런데 이상하게도 그 작품의 제목은 <쓸모없는>이었습니다.

하지만 <쓸모없는>이란 제목을 달고 있었음에도 불구하고 그 소녀의 눈빛은 아주 강하게 자신의 존재를 부각시키고 있었습니다. 그 소녀는 어쩌면 주위 사람들에게 "넌 쓸모없는 애야!"라는 말을 수도 없이 들어왔는지도 모릅니다. 그러나 소녀는 말이 아닌 눈빛으로 자신의 존재를 각인시켜 주었습니다. 더 이상 그 소녀는 쓸모없는 사람이 아니었습니다. 왜냐하면 소녀의 그 강렬한 눈빛은 주위의 편견과 질시 속에서 자신을 당당하게 내세울 자신감이 넘쳐났기 때문입니다.

세상의 편견에 좌우되지 마세요. 지금 당신은 세상의 시선으로는 보잘것없어 보일지도 모릅니다. 그러나 당신이 없이는 세상이 돌아가지 않습니다. 전 우주를 통틀어 쓸모없는 존재는 없으니까요.

ᐷ 지금 당신은 세상의 시선으로는 보잘것없어 보일지도 모릅니다. 그러나 당신이 없어서는 세상이 돌아가지 않습니다. 미래에 대한 가능성이 열려 있는 한 당신은 세상에서 가장 중요한 존재입니다. 미래를 잡으세요, 당신 것으로.

마이너스에서 플러스의 세계로

아리스토텔레스는 이렇게 말했습니다.

"자기가 그만한 능력이 없으면서 커다란 존재라고 생각하는 것은 불손하다. 또, 자기의 가치를 실제보다 작게 생각하는 사람은 비굴하다."

자신이 할 수 있는 어떤 일을 앞두고 행동하지 않을 때, 혹은 그것을 피하고 도망칠 때 우리는 비겁하다고 합니다. 어떤 존재 앞에서 비굴해지는 자신을 느낄 때만큼 괴로운 일도 없을 것입니다.

아리스토텔레스의 말대로라면, 어쩌면 우리는 살면서 늘 비굴함을 경험하고 있는지도 모르겠습니다. 그러나 현실이란 마음먹은 대로 되는 일이 하나도 없다고 느껴질 때가 허다합니다. 열심히 하고 있는데도 뭣하나 제대로 되는 것이 없고, 오히려 거대한 벽에 부딪힐 때가 많습니다. 이럴 때 우리는 절망하게 됩니다. 그 벽을 넘을 자신감은커녕 노력하기도 전에 먼저 포기하는 경우가 많습니다.

그러나 우리는 그럴 때일지라도 모든 문제점을 자신의 안에서 찾을 수밖에 없습니다. 늘 애기하지만 자신이 변화하지 않는데 세상이 변하기를 기대할 수는 없으니까요.

수직선은 '0'을 기점으로 마이너스 수와 플러스 수로 나눠집니다. 왼쪽으로 한없이 가다보면 우리는 끝없는 마이너스의 세계로 빠져들 수밖에 없습니다. 이제 끝나겠지, 이제 괜찮아지겠지 하는 것은 바랄 수가 없습니다. 왜냐하면 지금 당신의 방향은 왼쪽이기 때문입니다. 플러스의 세계로 가기 위해서는 방향을 180도 틀어서 오른쪽으로 걸어가야 합니다.

지금까지 걸어온 길을 다시 되짚어 0이라는 숫자를 만난다면 이제 희망은 보이는 것입니다. 0에서 조금만 더 오른쪽으로 걷다보면 그제야 우리는 더하기의 세계, 풍요의 세계, 희망의 세계인 플러스의 세계로 진입하게 되는 것입니다.

앞을 보지 못하는 소경이 있습니다. 그가 세상을 보지 못함을 절망하고 그 자리에 머물거나, 혹은 계속 절망한다면 그의 인생은 마이너스 인생입니다. 그러나 앞을 보지 못하는 상황을 극복하고자 청각을 발달시키고 촉각을 발달시켜 손가락으로 점자책을 읽는다면, 그의 인생의 방향은 플러스를 향해 돌진하는 것이겠지요.

대부분의 사람들은 오른손보다 왼손이 부자연스럽습니다. 그러나 자꾸자꾸 왼손을 쓰다보면 어느새 왼손도 자유롭게 쓸 수 있는 때가 반드시 옵니다. 인간의 능력은 개발하기에 따라 무한대로 발전한다는 것은 새삼스레 다시 말할 필요가 없을 정도로 우리 모두가 너무도 잘 알고 있습니다.

사람들은 스스로를 과소평가하거나 비하하는 경우가 많습니다. 충분히 할 수 있는데도 불구하고 조금 노력하다 안 되면 포기해 버리고, 혹은 자신의 가치를 무시해 버리는 오류를 범할 때가 부지기수입니다.

당신이 지금 걷고 있는 방향은 마이너스의 세계일지도 모릅니다. 만약 그렇다면 완전히 방향을 틀어 플러스의 세계, 풍요의 세계로 전환하세요.

정신이 건전한 사람은 자기에게 어떤 결점이나 부족한 점이 있다 하더라도, 다른 능력을 발휘하여 그 부족한 점을 극복할 수 있습니다. 그리하여 인생을 마이너스에서 플러스로 전환시킵니다. 그것이 바로 인생의 묘미입니다.

34

가난 속에 핀 희망꽃

피카소는 어려서부터 동물을 좋아해서 몹시 가난했던 시절에도 고양이를 기르고 있었습니다. 그런데 어찌나 가난하였던지 고양이조차도 저희들이 먹을 식량을 스스로 마련해야 했습니다. 심지어 고양이가 어디에선가 끌고 온 길게 이어진 소시지를 배고픔을 이기지 못한 피카소가 나누어 먹었다는 일화도 있습니다.

슈베르트도 피카소 못지않게 늘 돈이 궁했습니다. 그는 돈이 한 푼도 없으면 바지 주머니를 뒤집어 창밖에 걸어 두곤 하였습니다. 그것은 '나는 외출을 하지 못한다. 호주머니가 텅텅 비어 있으니 나를 괴롭히지 말라'는 뜻이었습니다.

어느 날 그의 친구 바우에른펠트가 극장 옆의 커피숍에 앉아 있는데, 슈베르트가 찾아왔습니다. 그는 오자마자 밀크 커피 한 잔과 빵 여섯 조각을 먹었습니다. 이를 본 친구는 슈베르트의 엄청난 식욕에 깜짝 놀랐습니다. 슈베르트는 거북한 얼굴을 하며 말했습니다.

"이보게, 실은 내가 오늘 아무 것도 먹지 않아서 그러네."

그러자 친구는 슈베르트의 손을 잡으며 말하였습니다.

"실은 나도 자네 오기 전에 밀크 커피 한 잔과 빵 여섯 조각을 먹었지."

슈베르트가 깜짝 놀라 되물었습니다.

"자네도?"

두 사람은 손을 마주 잡고 서로 가난한 웃음을 교환했습니다.

어느 날 장자(莊子)가 군데군데 꿰맨 베옷을 입고 해어진 짚신을 신고 위나라의 혜왕을 찾아갔습니다. 왕은 장자의 모습을 보고 이렇게 물었습니다.

"선생님은 어떻게 그처럼 피폐하십니까?"

그러자 장자는 이렇게 대답했습니다.

"이것은 가난한 것이지 피폐한 것이 아닙니다. 선비로서 도덕을 알면서도 행하지 않는 것은 피폐한 것이지만, 옷이 해어지고 신이 뚫어진 것은 가난한 것이지 피폐한 것이 아닙니다."

이 말을 듣고 왕은 매우 부끄러워했습니다.

우리나라에도 이러한 선비가 있었습니다. 바로 신라시대의 백결 선생입니다. 백결 선생은 어찌나 가난한지 옷을 백 군데나 꿰매 입었습니다. 섣달그믐에 이웃집에서 떡방아 찧는 소리가 들려오는데 백결 선생 집에서는 저녁거리조차 없었습니다. 이웃집에서 떡방아 찧는 소리가 들려오자 이를 부러워하는 아내에게 백결 선생은 거문고로 방아 타령을 들려주었습니다.

피카소는 고양이가 가져온 소시지를 먹었지만 지금은 가장 위대한 화가로 추앙 받고 있습니다. 슈베르트의 음악엔 그의 가난이 전혀 드러나지 않는 감미로움과 부드러움이 담겨져 있습니다. 시대가 변해도 장자의 위대한 사상은 여전히 추앙받고 있습니다. 백결 선생은 지독한 가난 속에서도 거문고로 풍류를 즐긴 인물입니다.

그들에게 가난은 삶의 고난과 어려움이 아닌, 생활의 불편함으로 여겨졌을 뿐입니다. 가난이 그들이 가지고 있는 꿈과 희망을 방해하진 않았던 것입니다. 지금은 비록 어려움에 처했지만 희망을 잃지 않고 노력하는 수많은 이웃들을 볼 수 있습니다.

지금 당신이 그들처럼 노력하고 있다면, 지금이 아무리 어려워도 미래가 기다리고 있습니다.

어쩌면 당신은 바로 유명해지기 전의 피카소나 슈베르트인지도 모릅니다. 그들은 노력했습니다. 매일매일 그림 그리는 것을 게을리 하지 않았고, 음악을 위해 목숨을 걸었습니다. 미래를 당신 것으로 움켜질 수 있느냐 없느냐는 당신 자신에게 달려 있습니다.

디오게네스의 교훈

기원 전 400년 경, 그리스의 코린트라는 마을에 디오게네스라는 철학자가 있었습니다. 그는 옷 한 벌, 주머니 하나, 지팡이 하나를 가지고 늘 빈 술통 속에서 하늘을 쳐다보고 사색을 하며 살았습니다.

그 무렵 마케도니아의 왕 알렉산더 대왕은 연합군을 이끌고 페르시아 원정을 떠나려고 하였습니다. 온 나라가 페르시아 원정의 출발을 경축하기 위해 들떠 있는데, 디오게네스의 모습이 보이지 않았습니다. 그래서 알렉산더 대왕은 손수 그를 찾아 코린트 마을에 왔습니다.

"무엇이든 필요한 게 없는가?"

알렉산더 대왕이 디오게네스에게 물었습니다. 그러자 디오게네스는 이렇게 대답했습니다.

"왕이시여 아무 것도 필요 없습니다. 나는 지금 햇볕을 쬐고 있습니다. 부디 나의 태양을 막지 말아주십시오."

이 말을 들은 알렉산더 대왕은 감격해서 이렇게 말했습니다.

"내가 만약 알렉산더가 아니었다면 디오게네스이기를 원했을 것이다."

한 철학자가 배를 타고 지혜를 찾아 길을 떠났습니다.

어느 날 그 철학자는 같은 배 안에 타고 있던 상인들로부터 이런 질문을 받았습니다.

"당신이 파는 것은 무엇이오?"

철학자는 아무 주저함도 없이 이렇게 대답했습니다.

"내가 파는 물건은 이 세상에서 가장 뛰어난 것이오."

상인들은 그 철학자가 잠들어 있는 틈에 그의 짐을 조사했습니다. 그러나 아무 것도 나오지 않자 모두가 그를 비웃었습니다.

그 후 오랜 항해가 계속 되었는데, 어느 폭풍우 치는 날 그만 배가 난파됐습니다. 그리고 모두가 짐을 잃고 가까스로 육지에 닿게 되었지요. 철학자는 그 마을의 촌장에게 가서 무슨 말인가를 건넸습니다. 그러자 촌장은 그 마을의 어느 학자보다도 그의 지혜가 뛰어난 것을 발견하고, 그를 아주 극진하게 대접했습니다. 이것을 본 상인들은 감탄하며 말했습니다.

"당신이 옳았다. 우리들은 물건을 잃어버렸지만, 당신이 파는 것은 당신이 살아 있는 한 잃어버릴 염려가 없으니……."

디오게네스가 왕 앞에서도 당당할 수 있는 것, 철학자가 위기에 슬기롭게 대처할 수 있는 것은 그들에게 무엇과도 바꿀 수 없는 자신감이 있었기 때문입니다. 그러나 단순히 자신감만 가지고 있다고 해서 타인이 그것을 인정해 주지는 않을 것입니다.

독일의 문필가 괴테는 『파우스트』에서 멋진 말을 했습니다.

"자신을 가지면 타인의 신뢰도 얻는다."

나 자신을 믿으니, 남도 나를 믿는다는 말이군요. 어때요, 멋지지 않은가요?

숙련된 선장은 폭풍우를 만나면 쓸데없이 폭풍우에 저항하는 어리석음을 범하지 않습니다. 그렇다고 쓸데없이 절망해서 풍파에 배를 맡기지도 않습니다. 항상 확고한 신념을 가지고 최후의 순간까지 최선을 다하여 활로를 여는 데 노력할 것입니다. 이것이 인생의 곤란을 돌파하는 자신감입니다.

> 고통 우리가 해야 할 일은 첫째 자신감을 갖는 것이고, 둘째 그러한 자신감에 걸맞는 실력과 능력을 갖추기 위해 노력하는 것입니다. 폼만 그럴 듯한 선장이 아니라, 숙련된 기술과 풍부한 경험을 갖춘 선장이 되어야만 인생이라는 뱃길을 순탄하게 이끌어 갈 수 있습니다.

아버지의 기다림

학창시절은 젊음에게 주어진 시한부 인생과 같다는 말이 있습니다. 당신이 암에 걸려 단 3개월만 살 수 있다는 선고를 받았다면, 남은 3개월을 어떻게 지내시겠습니까? 아마도 1분 1초 흐르는 시간이 너무나 아까워서 순간순간을 진지하게 보내겠지요. 말다툼을 한 사람과 화해하고, 평소엔 그 진가를 알지 못했던 모든 것들이 소중하게 느껴질 것입니다.

학창시절은 그러한 시한부 인생과 같습니다. 지나고 나면 다시는 돌아오지 않는 것, 아무리 되돌아가고 싶어도 다시 되돌릴 수 없는 것입니다.

그렇다고 해서 오로지 공부만 하라고 강요하는 것은 절대로 아닙니다. 때로 세상은 영어단어를 얼마나 많이 외우고 있는지, 시험 점수를 몇 점 받는지에 따라 우수하다, 열등하다로 판단하는 어리석음을 범하기도 합니다.

에리히 프롬은 이렇게 말했습니다.

"우수한 학생의 지식이란 박물관 안내인과 비슷한 것이다."

이러한 종류의 지식은 신라시대의 '금관'과 백제시대의 '금관'의 차이점은 줄줄이 말할 수 있어도, 그 금관을 세공한 도공의 내면세계는 간파하지 못합니다.

∽

극작가로 유명한 샤샤 귀트리는 열여섯 살에야 겨우 중학교 2학년 과정을 공부하는 열등생이었습니다. 그의 아버지는 그런 아들을 매우 가슴 아파했습니다.

그러던 어느 날 교장 선생님이 그 아버지에게 더 이상 샤샤를 학교에 보내지 말라고 말했습니다. 샤샤는 학과성적뿐 아니라 품행에도 문제가 많으니 학교를 그만둬 달라는 것이었지요. 그 말을 들은 아버지는 아무런 동요도 없이 이렇게 말했습니다.

"그렇다면 학교를 퇴학시키고, 기숙사에서도 쫓아내 주십시오."

그 말을 들은 교장 선생님은 난감한 표정을 지었습니다.

"퇴학 수속을 밟아야 하는데 샤샤가 월요일에 우표를 사러 간다고 외출을 하고선 아직까지 돌아오지 않고 있군요."

그러자 샤샤의 아버지는 진지하게 다시 말했습니다.

"네에, 그렇다면 제가 자식 놈을 찾아보겠습니다. 꼭 찾아서 다시 학교로 돌려보낼 테니, 그때까지 기다려주십시오. 그 다음에 정식으로 퇴학을 시켜 주십시오."

교장 선생님은 그 아버지의 간절한 소망을 거절할 수 없었습니다. 그리고 두 사람은 함께 샤샤가 제자리로 돌아오기를 기다리기로 했습니다. 그 기다림은 오래되었지만 그의 아버지는 포기하지 않았습니다. 이렇게 해서 샤샤는 학교를 계속 다닐 수 있었고, 마침내 유명한 극작가가 될 수 있었습니다.

도산 안창호 선생은 「나의 사랑하는 젊은이들에게」라는 글에서 이렇게 젊은 사람들을 깨우쳤습니다.

"오늘이라 함은 과거나 미래를 말함이 아니요, 현시(現時)에 되어진 경우를 말함이며, 대한 학생이라 함은 대한 사람으로 태어난 그이를 가리킴이외다. 무릇 학생은 누구나 할 것 없이 다 사회에 나아가 활동할 준비를 하는 자이외다."

오늘이라 함은 과거나 미래가 아닌, 지금을 말하는 것입니다. 당신은 지금 이 순간 어떤 모습으로 이 자리에 서 있습니까? 지금 당신의 역할에 충실하세요. 그것이 당신을 지탱하는 힘입니다.

많은 위인들이 "재능이란 오랜 동안의 노력에 의해 얻어지는 노력의 선물이다."라고 얘기하고 있습니다. 당신은 과연 재능이란 선물을 받기 위해 현재 얼마나 많은 노력을 하고 있습니까?

세상을 보는 지혜

에피쿠로스의 수제자 메트로도루스는 행복에 대하여 이렇게 말했습니다.

"행복은 외적인 것에서보다는 자기 자신 속에서 기인되는 경우가 많다."

또한 쇼펜하우어는 이런 말을 했습니다.

"인간의 세계란 무엇보다 그가 그 세계를 어떻게 생각하느냐 하는 것과 각자의 시각의 차이에 따라 달라지는 것이다."

즉, 시각에 따라 세계는 보잘것없고 재미없고 평범한 것이 될 수도 있고, 반면에 풍부하고 재미있고 의미 있는 것이 될 수도 있다는 것이겠지요.

대부분의 사람들은 다른 사람들이 색다른 세계에서 겪은 사건에 대해서 부러워하는 경우가 많습니다. 그러나 그럴 때 정말 부러워해야 할 것은 그러한 사건에 깊은 통찰력을 보이는 그 사람의 '이해력'입니다. 이점에 대해서 쇼펜하우어는 "똑같은 사건일지라도 세밀한 두뇌의 소유자에게는 매우 흥미롭게 표현되는 반면, 천박하고 평범한 두뇌의 소유자에게는 단지 평범한 세상사의 한 장면에 불과한 것이 된다."라고 말했습니다.

너를 이 세상에 보낸 그날처럼

태양은 성좌를 향해 인사하며 서 있고,

어느덧 너는 무럭무럭 자랐구나.

너를 이 세상에 보낸 그 법칙에 따라서

너는 너에게서 벗어날 수 없는 너 자체일 수밖에 없고,

예언자들까지도 그렇게 말하였도다.

어떠한 시간이나 권력일지라도

약동하고 발전하는 이 형태를 바꿀 수는 없도다.

위의 시는 괴테가 쓴 것입니다. 괴테는 너무나 유명한 시인이자 문장가입니다.

괴테뿐 아니라 모든 유명한 문학가나 음악가, 화가들이 자신의 예술적 상상력을 동원하여 사소하고 평범한 것들을 하나의 위대한 작품으로 끌어올리고 있습니다.

그러나 대부분의 사람들은 이러한 예술작품들을 보면서, 흔해빠진 세상사에서 위대한 예술품을 창조해낸 예술가들의 상상력보다는 예술가들의 외적 모습, 그들이 만난 특이한 경험과 재능

만을 부러워합니다.

그 때문에 정열적인 사람은 현실 속에서 흥미진진한 갈등만을 보고, 조용하고 침착한 사람은 무의미(無意味)만을 보며, 우울한 사람은 비극만을 보게 되는 것입니다. 이것은 아름다운 경치를 보고 사진을 찍을 때 그 순간의 날씨나 카메라의 품질, 찍는 사람의 기술 등의 요인에 따라 '아름다운 경치'가 다르게 인화될 수 있는 것과 같은 이치입니다. 아름다운 경치라는 본질은 그대로인데 우리가 보는 시각, 주변 환경에 따라 모든 것이 달라진다는 의미겠지요.

모든 인간이 세상에 태어난 데에는 그만한 이유와 가치가 있습니다. 모든 자연이, 모든 사물이 변화하고 발전하는 데에도 이유와 가치와 법칙이 있습니다.

이러한 가치들을 깨달을 수 있는 것은 괴테나 쇼펜하우어 같은 인물들뿐만이 아닙니다. 당신이 지금보다 더 평안하고 아름답게 세상을 바라볼 수 있다면, 약동하고 발전하는 미래에 대한 희망이 당신을 향해 힘껏 달려올 것입니다.

인간의 삶에 있어 가장 소중하고 본질적인 것은 인간의 인격과 개성입니다. 당신이 축복받으며 태어난 그날처럼 여전히 태양은 밝은 빛을 발하며 당신을 비추고 있습니다.

우리를 지탱하는 힘

현실이 막막할 때 가끔 산다는 것 자체가 무척 버겁게 느껴집니다. 어느 선생님 한 분이 이런 말씀을 하셨습니다.

"살면서 생기는 고민의 90%는 돈 때문이다. 나머지 10%야 인간이기 때문에 어쩔 수 없이 생기는 고민이라고 하면, 거의 대부분은 돈이 있다면 해결될 수 있는 문제들이다."

그러나 지금 가난하다고 평생이 가난한 것은 아닙니다. 희망을 놓치지 마십시오. 절망과 가난 속에서도 우리를 지탱하는 힘은 희망뿐입니다.

어느 가난한 화가가 있었습니다. 이 화가는 돈 한 푼 없이 아내와 파리의 거리를 방황하고 있다가 A라는 친구를 만났습니다. A가 화가에게 물었습니다.

"오랜만일세. 근데 무얼 하고 있나?"

"누구든 만나 백 수(sou : 화폐단위)만 빌리려고 하네."

화가는 부끄러운지 조심스럽게 대답했습니다.

"나도 그렇다네."

A가 씩 웃으며 그렇게 대답하자, 화가는 깜짝 놀랐습니다.

"자네도?"

"아무튼 한 잔 하세. 마시는 동안에 좋은 생각이 떠오르겠지."

A가 이렇게 말하며 화가와 아내를 데리고 카페로 갔습니다. 세 사람은 일단 맥주 석 잔을 주문한 다음 이것저것 궁리를 짜보았습니다. 그러나 가난한 이들에게 당장 돈이 생길 수 있는 방법은 없었습니다. 그러던 중 A가 무릎을 치며 일어났습니다.

"좋은 일이 있어! 내가 곧 돌아 올 테니 기다리게."

화가와 아내는 A를 기다리며 어떤 일일까 궁금해 했습니다. 그러나 오랜 시간이 흐르고 카페가 문을 닫아야 할 시간까지 A는 나타나지 않았습니다. 가난한 화가 부부에게 맥주 석 잔을 계산할 돈이 있을 리 만무했습니다. 이윽고 화가 부부는 카페 주인에게 호되게 욕을 먹은 뒤 쫓겨나고 말았습니다.

몇 해 지난 어느 날, 신문을 읽고 있던 화가가 놀란 목소리로 아내에게 말했습니다.

"여보, A라는 사람 생각나오?"

"어떻게 잊을 수 있겠어요? 그 때 망신을!"

"허, 참 A가 장관이 됐다네."

화가는 여전히 궁한 형편이라 용기를 내어 A를 찾아갔습니다.

장관이 된 A는 화가를 반갑게 맞아 주었습니다.

"그 때의 맥주 값을 받으러 왔나? 이제 와서 맥주 값을 갚고 어쩌고 하자니 우습군. 우선 자네의 그림 한 점을 사 주겠네. 그리고 레지옹 도뇌르의 훈장 시상이 있는데 자네를 추천하겠네."

이렇게 해서 화가는 훈장을 탔습니다. 가난하고 궁핍한 형편이 나아진 것은 물론, 작품 활동에만 매진하여 더욱 이름을 떨치게 되었습니다.

이 이야기는 실화입니다. 화가는 모프라, 장관이 된 A는 브리앙이었답니다. 브리앙은 가난했던 시절 몇 푼 되지 않는 맥주 값 때문에 친구를 곤경에 빠뜨렸습니다. 그렇지만 그는 평생 그것을 잊지 않았습니다. 한 시절 누구나 가난할 수 있고, 그 때문에 본의 아니게 신세를 질 수도 있습니다. 그러나 누구라도 희망을 버리지 않고 열심히 삶을 살아간다면 몇 배로 되갚을 수 있는 때가 올 것입니다. 도움을 받았으면 그것을 갚기 위해서라도 우리는 노력하지 않으면 안 됩니다.

사람의 인생은 언제 어느 순간에 뒤바뀔지 모릅니다. 그러나 그것은 어떤 요행에 의해서가 아니라, 끊임없이 미래를 믿고 노력하는 중에 이루어질 것입니다.

궂은 날에도 희망은 남아 있다

우리는 힘들고 어려운 현실 속에서 희망이 뭉텅이로 툭툭 잘라져 가고 있음을 절감할 때가 많습니다. 더 이상 아무 희망도 없을 것 같은 절망의 끝에 서면 '희망'을 운운하는 것조차 사치스럽게 느껴지기도 합니다.

살면서 절절하게 느끼는 것이지만 삶이란 참으로 쉽지 않습니다. 내 마음대로 되는 일 하나 없고, 진심이 통하지 않을 때도 많습니다.

날은 어둡고 음산한데
인생은 춥고 어둡고 음산한데
비는 오고 바람은 멎지 않는다.
내 마음 쓰러져 가는 과거 위에 아직도 매달려 있건만
바람 칠 때마다 청춘의 희망 뭉텅이로 진다.
잠잠하라

슬픈 마음이여! 불평을 말라.

구름 뒤에 아직도 태양이 빛나고 있거늘

네 운명은 모든 사람의 운명이리라.

사람마다 일평생엔 때때로 비 오는 날도 있을 것이니

어둡고 음산한 날도 있을 것이니.

롱펠로의 「궂은 날」이란 시입니다. 이 시처럼 사람마다 때때로 비 오는 날도 있고 어둡고 음산한 날들도 있습니다. 그런데 문제는 늘 비가 오고 늘 어둡기만 한 것 같은 현실입니다. 언제 내 삶에 태양이 뜨려나, 더 이상 태양을 기다리고 있을 여력이 남아 있지 않을 때도 있습니다. 그러나 우리는 기억해야 합니다. 절망 속에서는 그 어떤 말도 들리지 않겠지만 분명 구름 뒤에는 '태양'이 있습니다.

세네카는 "희망이 없으면 절망할 필요도 없다."라고 말했습니다. 하지만 어쩌면 이것은 틀린 말일지도 모릅니다. 많은 사람들이 절망하지 않기 위해 희망을 버리지는 않습니다. 절망하고 있는 이 순간에도 결코 희망을 버리지 않는 것이 우리 삶의 방식입니다.

당신이 보기에 너무나 행복해 보이는 누구라도, 더 이상 부러울 것이 없어 보이는 사람이라도 그들의 삶에 불행과 근심은 존재합니다. 어쩌면 당신이 지금 겪고 있는 것보다 더 크게 그를 괴롭히고 있는지도 모릅니다.

우리에게는 희망이 남아 있습니다. 그러나 희망이 그저 막연한 바람으로만 끝날 때 그것은 무의미한 환상으로 사라질 뿐입니다. 희망은 실현될 때에만 비로소 의미를 갖게 됩니다. 그 의미를 찾아가야 하는 것은 당신 자신입니다.

당신의 태양을 막고 있는 구름은 언젠가는 반드시 바람에 의해 물러날 것입니다. 바람이 일기만을 기다리지 말고, 당신이 바람을 일으키세요. 그리고 너무도 밝은 태양빛 속에서 마음껏 일광욕을 즐기세요.

죽음에 이르는 병

유명한 철학자 키르케고르는 덴마크에서 태어났습니다. 종교적으로 엄격한 아버지 밑에서 자란 그는 아버지의 희망대로 신학을 배우게 되었습니다. 그의 가장 유명한 저서는 『죽음에 이르는 병』입니다.

그는 이 책에서 죽음에 이르는 병을 '절망'이라고 규정했습니다. 그러나 여기서 말하는 '절망'이란 우리가 보통 알고 있는 의미가 아니라 '인간이 신을 떠나, 신을 잃어버린 상태'를 의미하고 있습니다. 그것을 일반적으로 바꿔 말하면 바로 '인간의 자기 소외 상태'를 의미합니다. 현대인들은 절망이라는 무서운 병에 걸려 있습니다.

죽음에 이르는 병, 즉 절망할 수 있다는 것이 인간이 동물보다 우수한 점이라고 말하고 있습니다. 그리고 이 장점은 단순히 인간이 서서 걸어 다니는 동물이라는 외형적 우월성과는 전혀 다른 면에서 인간을 우월하게 하는 것입니다. 왜냐하면 절망할 수 있다는 것은 인간에게 복잡한 감정체계가 존재하고, 본능에 의해서만 행동하고 살아가는 동물과는 비교할 수 없는 무언가를 이룰 수 있는 '정신'이 있다는 것을 입증하는 것이기 때문입니다.

그러나 우리가 주의해야 할 것은, 절망하는 사람은 절망하고 있는 순간마다 절망을 스스로 불러들이고 있다는 것입니다.

이 책을 읽으면서 가장 인상 깊었던 글귀는 바로 이것입니다.

"자기 자신을 잃는다는 최대의 위험이, 세상에는 마치 아무 것도 아닌 것처럼 조용하게 행해지고 있다. 인간에게 있어 이것만큼 조용하게 행해지는 상실은 없다. 다른 것이라면 무엇을 잃더라도, 팔뚝 하나 다리 하나라도, 5달러라도, 아내라도, 그 밖의 무엇을 잃더라도 금세 정신을 차리는 주제에."

나를 잃는다는 것은 다른 어떤 소중한 것을 잃는 것보다 가장 위험한 일입니다. 그러나 우리는 정작 중요한 것은 놓치고 살고 있습니다. 키르케고르는 우리에게 이렇게 얘기하고 있습니다.

"너를 잃지 마라. 그것은 가장 위험한 상실이다."

자신을 잃지 않는다는 것은 절망이라는 병에서 스스로를 구원할 수 있는 방법이 되는 것입니다. 우리를 옭아매는 절망에서 빠져 나올 때, 가능성을 생각합니다. 가능성은 어린아이가 뭔가 새로운 놀이에 초대받는 경우와 흡사합니다. 어린아이는 금세 그 새로운 놀이를 시작할 준비를 합니다. 그런데 문제는 부모가 그것을 허락하느냐의 여부입니다. 키르케고르는 이 부모에 해당하는 것을 '필연성'이라고 말하고 있습니다.

우리가 지금 해야 할 일은 가능성을 필연성으로 만드는 작업입니다. 자신이 꼭 이루어야 할 것, 자신이 소망하는 것이 필연적으로 당신에게 다가 올 때, 그것은 가능성이 되는 것입니다. 그렇지 않고서는 그것은 가능성이 아니라 망상이나 공상에 불과한 것이지요.

키르케고르는 또 이렇게 말했습니다.

"인간은, 보다 큰 위험을 두려워하고 있을 때에는 언제나 보다 작은 위험 속에 발을 내디딜 용기를 갖는다. 하나의 위험을 무한히 두려워할 때에는, 그 밖에 온갖 위험은 전혀 존재하지 않음과 마찬가지다. 그러므로 우리가 배워야 할 것은 '죽음에 이르는 병'을 두려워하지 않는 것이다."

이제 당신의 '희망'을 가능성으로 만드십시오. 그런 당신에게 절망이란 병은 있을 수 없습니다.

우리는 어쩌면 가능성의 뒤를 막연하게 쫓고만 있는 것은 아닌지 신중하게 생각해야 합니다. 단순히 '희망'이라는 단어에 매여, 잡을 수 없는 무지개를 뒤쫓고 있는 것은 아닌지 말입니다.

희망은 항상 깨어 있는 꿈이다

투르게네프는 원래 소설가로 더 명성을 얻은 사람입니다. 톨스토이, 도스토예프스키와 함께 러시아 3대 문호의 한 사람으로 꼽히고, 시에서도 불후의 명작 '산문시'를 남긴 역사에 길이 남을 대문호입니다.

지나가는 거의 모든 하루가 왜 그렇게 허망스럽고 무기력하고 쓸데없는 것일까! 뒤에 남겨 놓은 발자취들은 도대체 얼마나 되나! 그 한 시간이 얼마나 무의미하게 바보스럽게 지나가 버리느냐 말이다!

그런데도 사람들은 살아 있기를 원해 마지않는다. 삶을 소중히 여기려 그 삶에, 소망에, 자기 자신에, 장래에 희망을 건다. 오, 그대는 장래에 어떠한 축복이 내릴 것인지를 찾아 헤매는가!

그러나 사람들은 앞으로 다가올 날들이 방금 지나가 버린 날들과 같지 않을 것이라고 상상하는 것일까?

그렇다. 사람들은 그런 것을 상상하지 않는다. 인간은 본디 사고하기를 좋아하지 않는다. 잘하는 일이다.

"자, 내일은, 내일만은!" 하면서 사람들은 자신을 위로한다. 그 '내일'이란 것이 그들을 무덤 속으로 데려다 주는 그날까지.

그리고 무덤에 일단 들어가고 나면 다른 선택도, 생각의 여지도 없어져 버린다.

이 시는 1879년 5월 투르게네프가 쓴 「내일 또 내일」이란 산문시입니다.

당신은 어쩌면 투르게네프의 「내일 또 내일」이란 시를 읽고, 절망감에 빠질지도 모릅니다. 혹시 당신이 한참 사춘기 때의 예민함을 가지고 있다면 더욱 그러할 것입니다.

우리는 내일은 오늘과 같지 않을 거야, 내 미래는 밝을 거야, 내가 바라는 바대로 세상을 살 수 있을 거야, 라고 다짐하며 지냅니다. 그런데 투르게네프는 "넌 내일은, 내일만을 이라고 중얼거리며 무덤에 가게 될 거야."라고 말하고 있으니까요.

그는 65세에 세상을 떠났는데, 이 시는 그가 61세 되던 해에 발표한 것입니다. 투르게네프의 개인적인 삶이 어떠했는지에 대해서는 잘 전해지지 않습니다. 그러나 그는 한 시대를 풍미했던 대작가였습니다. 그런 위치에 있던 투르게네프도 인생의 말미에서 토로하는 것은, 우리의 삶이 얼마나 무상한 것인가에 대해서입니다.

어쩌면 우리는 희망만을 품은 채 아무 것도 이루지 못하고 무덤에 갈지도 모릅니다. 그러나 한 가지 우리 스스로에게 약속합시다. 우리가 무덤에 눕게 되는 그 순간에도 '희망'을 버리지 않겠다는 약속 말입니다. 그리고 그 희망의 곁에는 늘 노력이 따를 것이라고 다짐합시다.

희망은 잠자고 있지 않은 인간의 꿈입니다. "내일은, 내일만은!"이라는 외침은 바로 오늘을 살게 하는 원동력입니다. 내일을 가능성으로 만드느냐, 아니면 절망의 무덤으로 만드느냐는 당신의 선택입니다.

2
지혜를 찾아 떠나는 여행

바보가 사는 세상

한 바보가 살았습니다. 그는 오랫동안 평화를 누리며 만족스럽게 살았습니다. 그런데 언제부턴가 그런 바보의 주위에 기분 나쁜 얘기들이 떠돌기 시작해서 아무리 바보 천치라도 사방 주위를 살펴보지 않을 수 없었습니다. 급기야 바보는 자신에게 쏟아지는 기분 나쁜 말들을 어떻게든 수습해야겠다고 생각하고 궁리를 하기 시작했답니다.

드디어 그의 둔한 머리 속에서 좋은 생각이 떠올랐습니다. 그리고 서슴지 않고 그것을 실천에 옮겼습니다.

어느 날 길거리에서 그가 잘 아는 화가에 대해서 칭찬을 아끼지 않은 친구를 만났습니다.

"닥쳐! 그 화가는 행세를 하지 못한 지가 오래됐어. 자네는 그것도 모르고 있었나? 자네는 시대에 뒤져도 한참 뒤졌네."

이 친구는 매우 놀라면서, 얼른 바보의 얘기에 동의했습니다.

"어제 굉장한 책을 읽었지!"

이번에는 다른 친구가 그 바보한테 얘기했습니다.

"닥쳐! 나는 자네가 부끄러워할 줄 모르는 것을 보고 놀랐어. 그 책은 이제 아무짝에도 못쓸 책이네. 누구든 오래 전에 그것을 다 독파한 것이라구. 자네는 그것도 모르고 있었나?"

이 친구 또한 놀라면서 바보의 얘기가 옳다고 동의했습니다.

"내 친구 모모가 얼마나 멋쟁이인 줄 아나?" 하고 세 번째 친구가 바보한테 얘기했습니다.

"닥쳐! 모모 그 친구는 소문난 무뢰한일세. 친척이란 친척들의 재산을 다 등쳐 먹었네! 누구든 그걸 다 알고 있어. 자넨 정말 시대에 뒤져 있군!"

이 세 번째 친구는 너무 놀라서 바보의 말에 동의하고, 그 친구하고는 절교까지 하기에 이르렀습니다.

"하지만 걔는 참 머리가 좋아."

"그리고 말은 얼마나 잘 해?"

"맞아, 그래. 그 친구는 천재라니까!"

언제부터인가 바보에 대해 지금까지와는 전혀 다른 평가가 들려오기 시작했습니다.

그러던 중 이 바보는 한 신문사의 편집자로부터 자기 신문의 비평란을 맡아서 글을 써 줬으면 한다는 청탁을 받기에 이르렀습니다. 그리곤 이 바보는 모든 사건과 모든 사람들에 대해서 꼬집어 댔습니다. 하나도 거리낌 없이 자신의 태도나 주장들을 조금도 바꾸지 않은 채.

예전엔 '권위'에 대해 관심이 없었던 바보는, 그 자신의 손안에 권위를 지니게 되었습니다. 그러자 젊은 사람들은 그를 대단한 사람으로 존경하게 되었고, 드디어 그를 두려워하게 되었습니다. 굳이 어떤 한 특정한 사람을 존경할 의무란 없는데도 바보를 존경하지 않으면 시대에 아주 뒤떨어진 사람으로 낙인이 찍힐까봐 두려워서였습니다.

이처럼 겁쟁이들이 모여 사는 세상에서는 바보들이 활개를 치는 법입니다.

♣ 세상의 편견이 한 사람을 바보로 만들기도 하고, 위인을 만들기도 합니다. 당신도 혹시 잘못된 편견 속에 자신의 의지조차 휘둘려진 채 살고 있지는 않은가요?

헤르만 헤세의 행복론

사람들은 흔히 이렇게 말합니다.

"행복이란 좋은 대학에 가서 좋은 교육을 받고, 경력을 많이 쌓은 다음에 남부럽지 않은 결혼을 하고, 평안한 가정을 이루어 사람들에게 신망 받는 사람이 되는 거야."

거기에 돈이 잔뜩 들어 있는 지갑과 멋진 옷이 그득한 옷장, 노란 스포츠 카 같은 것이 있다면 행복의 가치는 더 높게 매겨지겠죠.

곧잘 옛 성인들은 이렇게 말하기도 합니다.

"행복이란 자신의 내면이 만족하는 것이다. 좋은 집을 가지고도 불행할 수 있고, 하루에 한 끼를 먹어도 마음이 편하면 행복한 것이다."

또 가끔 부모님들은 이렇게 말합니다.

"너희들은 아무 걱정 없이 공부만 하면 되니 편하고 행복한 줄 알아!"

그러면 헤세는 행복에 대해 무어라 했을까요? 그는 자신이 가장 행복했던 시절은 유년의 한 때였다고 밝히고 있습니다.

그가 열 살 때, 여느 때와 전혀 다름없이 눈을 떴습니다. 아침이었고, 높은 창을 통하여 이웃집의 기다란 지붕 너머로 푸른 하늘이 보였답니다. 막 잠에서 깬 이 순간, 그는 무엇인지 새롭고 훌륭한 것이 생기기나 한 것처럼 비로소 아름다운 생활이 그 가치와 의미를 시작한 것처럼 느껴졌답니다. 그리하여 어제의 자신도 잊어버리고, 내일의 자신도 잊어버린 채 오로지 오늘의 '행복'에만 부드럽게 둘러싸여지는 기분이었다는군요.

그의 작은 침대에서는 넓은 세계가 보인 것도 아니었습니다. 단지 아름다운 하늘과 이웃집의 기다란 지붕밖에 보이지 않았습니다. 그러나 그 지붕의 경사면에 여러 가지 색채가 어렴풋이 떠돌고 있었고, 단 한 장의 푸릇푸릇한 유리 기와가 붉은 진흙 기와 사이에서 생생해 보였답니다. 마치 푸른 하늘과 갈색 지붕과 붉은 기와들이 서로 웃고 장난치듯 즐거워 보였답니다. 헤세는 침대에 그대로 누워 창 밖에서 펼쳐지는 아름다운 정경에 흠뻑 취해버렸겠지요.

헤르만 헤세는 평생 동안 그 순간이 가장 행복한 때였다고 고백했습니다. 그는 유명한 작가가 되었고 사람들에게 존경을 받았지요. 그러한 그가 생을 살면서 가장 행복했던 때를, 열 살 때 잠에서 막 깨어나 푸른 하늘을 봤던 그 순간이라고 말하고 있는 것입니다.

당신은 이렇게 말할지도 모릅니다.

"헤르만 헤세는 워낙 뛰어난 인물이었으니까, 그런 것 따위를 보고 행복해 하겠지. 나는 그냥 평범한 사람에 불과해."

하지만 조금만 깊게 생각해 볼까요? 헤르만 헤세가 열 살 때의 그 느낌을 평생 지우지 못하는 것처럼 당신의 가슴 한 켠에는 유년 시절, 혹은 초등학교 시절, 혹은 지금 이 순간 무언가 가슴에 강렬하게 남는 것이 있을 겁니다. 그다지 기억에 남는 것이 없었다 하더라도 그것은 당신의 뇌가 기억하지 못하는 것일 뿐, 마음속 저 깊은 곳에는 행복했던 순간이 오롯이 자리 잡고 있을 겁니다. 그것을 기억해 내는 것, 그것을 꺼내어 '행복'이라고 느낄 수 있는 감성을 당신은 지니고 있습니다.

♣ 행복은 멀리 있지 않다는 옛말을 굳이 꺼내지 않더라도 당신은 행복한 사람입니다. 당신이 어떠한 순간 행복을 느낀다면 그 감정을 가슴속에 깊게 남겨두세요. 두고두고 곱씹으면서 지금의 힘들고 어려움을 '작은 행복'으로 위로하세요. 그리하면 마침내 현실의 행복이 당신에게 비둘기처럼 날아들 것입니다.

풍환이 사온 물건

중국 제(齊)나라에 풍환이란 사람이 있었습니다. 그는 위낙 가난해서 먹고 살 수가 없게 되자 맹상군의 식객이 되어 밥만 먹어 달라고 청했습니다. 취미도, 특기도, 할 수 있는 일도 없는 그를 맹상군은 받아 주었습니다. 그러나 맹상군네 사람들은 그를 천하게 여겼으며, 음식도 형편없이 대접을 했습니다.

어느 날 풍환은 기둥에 기대어 장검을 두드리며 이런 노래를 불렀습니다.

"장협아, 돌아가자! 여기선 식사 때 고기 한 점 없구나!"

이 노래를 들은 다른 식객들이 맹상군에게 고하자, 그는 하인에게 이렇게 명령했습니다.

"풍환에게 생선 좀 주어라. 고기 먹는 식객 대우를 해주어라."

얼마 후 그는 또 장검을 두드리며 노래를 불렀습니다.

"장협아, 돌아가자! 여기선 타고 다닐 수레도 없구나!"

그러자 식객들이 비웃으며 맹상군에게 다시 이를 알렸습니다.

맹상군은 웃으며 말했습니다.

"풍환에게 수레를 주어라. 수레 타는 식객과 같은 대우를 해주어라."

그러나 얼마 후 그는 또다시 장검을 두드리며 노래를 불렀습니다.

"장협아, 돌아가자! 여기선 가족을 먹여 살릴 수가 없겠구나!"

다른 식객들은 풍환이 미워서 견딜 수가 없었습니다. 사람들은 뒤에서 풍환을 욕하며 탐욕스럽고 경우 없는 놈이라고 비난했습니다. 그러나 맹상군은 사람을 시켜 그의 가족에게 의식을 제공하고 궁핍하지 않게 해주었습니다. 그제야 풍환은 더 이상 노래를 부르지 않았습니다.

어느 날 맹상군은 문하의 식객들에게 물었습니다.

"누가 회계를 배웠는가? 나를 위해 설(薛) 땅에 가서 빚을 받아올 자가 있는가?"

그러자 풍환이 나서며 자신이 그리하겠노라고 했습니다. 식객들과 맹상군은 놀랐지만, 맹상군은 수레를 준비하고 행장을 꾸며 채권 계약서를 들려 보냈습니다. 그런데 떠나기 전에 풍환이 맹상군에게 이렇게 물었습니다.

"빚을 다 받으면 그것으로 무슨 물건을 사 가지고 올까요?"

"무엇이든 좋습니다. 당신이 보기에 우리 집에 부족하다고 여기는 것을 사오면 됩니다."

풍환은 설 땅에 도착하자마자, 빚진 백성들을 모두 모아 놓고 맹상군의 명령이라고 하면서 채권 계약서를 그 사람들이 보는 앞에서 모두 불태워 버렸습니다. 그러자 모두들 만세를 부르며 맹상군을 칭송했습니다. 그런 다음 풍환은 곧장 맹상군의 집으로 돌아왔습니다. 너무나 일찍 돌아온 풍환을 보며 맹상군이 놀라 물었습니다.

"그래, 빚은 다 받았소?"

"예, 다 받아 왔습니다."

"그럼 무엇을 사 가지고 왔소?"

"제가 깊이 생각하건대 상공의 집에는 부족한 것이 없었습니다. 그래서 곰곰이 생각해 보니, 조금 모자란 것이 의(義)라고 생각되어 그것을 사가지고 왔습니다."

그는 자신이 설 땅에 가서 한 일을 말해 주었습니다. 맹상군은 기분이 좋지 않았습니다. 그래도 차마 질책은 못하고 가서 쉬라고 했습니다.

그로부터 1년 후, 맹상군은 왕에게 미움을 받고 사직을 당했습니다. 맹상군은 할 수 없이 자신의 봉지인 설 땅으로 갈 수밖에 없었습니다. 그런데 어쩐 일인지, 아직 백 리밖에 다다르지 않았는데 설 땅 백성들이 모두 맹상군을 영접하러 나와서 길을 가득 메우고 있었습니다.

그제야 맹상군은 눈시울이 뜨거워지면서 따라온 풍환을 보며 말했습니다.

"당신이 나를 위해 사온 의(義)를 오늘에야 보게 되는구려."

♣ 이 세상에는 물질로 얻을 수 없는 것, 돈으로 살 수 없는 것이 있습니다. 이 세상을 떠받치고 있는 삶의 가치는 물질의 가치로 환산할 수 없는 매우 귀한 것입니다.

미네르바의 부엉이

지혜의 여신으로 알려진 아테네는 어머니가 없이 태어났습니다. 아버지인 제우스 신의 머리에서 태어났기 때문입니다. 신의 왕인 제우스의 머리에서 태어났기 때문에, 아테네가 지혜의 여신으로 불려진 것일까요. 여하튼 아테네는 고대 그리스에서도 가장 찬란한 번영을 누리던 아테네 시를 보호하며, 그 명성을 떨치며 살았습니다.

어느 날 제우스가 심한 두통으로 쩔쩔매고 있었습니다. 고통이 얼마나 심하던지 제우스는 도저히 참을 수가 없었지요. 그래서 대장장이 헤파이스토스를 불러 돌도끼로 아픈 머리를 내리치라고 명령했습니다. 헤파이스토스는 명령대로 제우스의 머리를 있는 힘껏 내리쳤습니다.

그런데 소리를 지르며 튀어나온 것이 바로 아테네 여신이었습니다. 투구를 쓰고 방패로 완전 무장한 아테네는 심한 고통을 느꼈는지 괴로워했습니다. 물론 제우스의 머리는 상하지도 않았고, 그 모진 두통도 깨끗이 나았습니다.

아테네는 부엉이를 사자(使者)로 데리고 다녔습니다. 그래서 아테네 시에서는 동전에 이 부엉이를 새겼으며, 그 때문에 '아테네 시민들은 주머니에서 부엉이 알을 깐다.' 라는 말도 생겨났습니다.

아테네 여신이 데리고 다닌 이 부엉이는 그녀를 잘 보필했습니다. 그렇다면 그 부엉이의 역할은 무엇이었을까요?

어느 시인은 그 부엉이를 두고 이렇게 노래했습니다.

"미네르바의 부엉이는 황혼에 날개를 치고 날아다닌다."

부엉이는 야행성 조류입니다. 가끔 동화에 등장하는 부엉이나 올빼미는 매우 박학다식한 역할로 나옵니다. 아마도 아테네 여신의 사자였던 전직 때문이겠지요. 여기서 아테네 여신의 부엉이가 황혼녘에 날아다니는 이유를 이렇게 해석할 수 있습니다.

황혼녘은 하루가 끝나가는 시점입니다. 낮 동안의 사람들의 왕성한 움직임이 마감되는 때인 것이지요. 부엉이는 이때 세상을 날아다니며 굽이굽이 사람들이 남기고 간 발자취를 살피고 더듬어 보는 것입니다. 어디에서 무슨 일이 벌어졌는지, 오늘 하루 세상에는 어떠한 사건이 있었는지 세심하게 살펴보는 것이 미네르바의 부엉이가 한 역할이었습니다. 즉, 지혜란 현실을 꼼꼼하게 살필 때 얻어지는 것이라는 뜻입니다.

아테네가 지혜의 여신이 될 수 있었던 까닭은 이러한 부엉이의 역할이 크지 않았나 하는 생각이 듭니다. 주위에서 벌어지는 여러 현상들을 무심히 흘려버리는 것이 아니라, 그 이면을 살펴보는 세심함 속에서 우리는 지혜를 찾을 수 있습니다.

♣ 지혜란 단순히 머리 속의 생각이나 이론, 사상만으로 나타나는 것이 아닙니다. 지혜는 우리의 행동 속에 있고, 우리 주변에 널려 있습니다. 미네르바의 부엉이처럼 황혼녘에 날개를 펴고 세상을 관찰해 보세요. 지혜는 바로 당신 곁에 있습니다.

관중과 습붕의 지혜

중국 제(齊)나라 때 환공이라는 사람이 살고 있었습니다. 그가 고죽을 토벌할 때 일입니다. 군사를 일으켜 출발할 때는 봄이었는데, 돌아올 때는 겨울이었습니다. 그 때문에 주위 풍경이 너무나 변해서 환공과 군사들은 그만 길을 잃고 말았습니다. 돌아 갈 길이 막막해진 환공은 난감해졌고, 군사들도 점점 지쳐가고 있었습니다.

그 때 관중이라는 사람이 나서서 환공에게 말했습니다.

"이럴 때는 늙은 말에게 배워야 합니다."

환공은 시험 삼아 늙은 말을 풀어 주고 모두 그 뒤를 따르게 했습니다. 그랬더니 마침내 길을 찾게 되었습니다. 환공은 관중의 지혜를 칭찬했습니다.

그러나 곧 산길에 들어서니 먹을 물이 없어서 모두들 갈증에 허덕이게 되었습니다. 지친 군사들은 하나 둘씩 쓰러지고, 환공은 군사들을 이끌고 갈 힘마저 잃어갔습니다.

그런데 이번에는 습붕이라는 사람이 나서서 이렇게 말했습니다.

"개미란 놈은 겨울에는 산의 남쪽에, 여름에는 산의 북쪽에 서식하는 습성을 지니고 있습니다. 개미집 아래 여덟 자를 파면 거기에는 반드시 물이 있다는 말을 들었사오니, 한 번 산기슭 남쪽으로 돌아 개미집을 찾아보면 어떨까요?"

환공은 옳거니 하고 생각하고, 습붕의 말대로 개미집을 찾아여덟 자를 팠습니다. 그랬더니 역시 물을 구할 수가 있었습니다.

한비자가 이 이야기를 듣고 제자들에게 말했습니다.

"관중이나 습붕 같은 지혜 있는 자는 모르는 것이 있으면, 말이나 개미를 스승으로 하는 것을 주저하지 않았다. 그러나 오늘날에 있어서 사람들은 어리석으면서도 성인의 지혜를 스승으로 하는 것을 알지 못하니 지극히 유감스러운 일이다."

우리 속담에 "사람이 오래되면 지혜요, 물건이 오래되면 귀신이다."라는 말이 있습니다. 인생의 경험이 많으면 지혜롭게 된다는 뜻이지요 위의 관중이 늙은 말에게 배워야 한다고 한 것은 바로 이러한 맥락일 것입니다.

한비자의 말대로 우리는 성인의 지혜를 스승으로 해야 합니다. 그것은 우리를 지혜롭게 하는데 매우 중요한 것입니다.

그러나 우리가 옛 성인이나 주변의 사람에게서 배우는 것은 지혜가 아니라 '앎'일 것입니다. 타인의 지식과 지혜를 아무리 배운다 해도, 우리 것으로 소화시키지 않으면 그것은 무용지물입니다. 지혜로운 사람이 되는 것은 우리들 자신에 의해서입니다. 스스로가 지혜롭게 되기 위한 부단한 정진, 그것은 단순히 책을 많이 읽고 지식을 넓혀 가는 것으로 되는 일이 아닙니다.

많은 경험과 사소한 것 하나라도 놓치지 않는 자세를 가지고 세상을 넓게 보는 시각이 필요할 것입니다.

♣ 지혜로운 사람은 개미나 말(馬)한테서도 배움을 얻습니다. 그러나 어리석은 사람은 위대한 성인의 지혜를 얻는 것조차 실행하지 않습니다.

맑은 눈을 가진 사람

사막에서 장사꾼 한 떼가 낙타 한 마리를 잃었습니다. 그들에게 낙타 한 마리는 귀중한 재산이자 교통수단이었기에 단 한 마리라도 소홀히 여길 수 없었습니다. 그러나 아무리 찾아봐도 낙타는 보이지 않았습니다. 장사꾼들이 우왕좌왕 하고 있을 때, 그 곁을 지나가는 승려 한 사람이 있었습니다. 장사꾼들은 승려를 붙잡고 물어 보았지요.

"우리는 낙타 한 마리를 잃어버렸습니다. 혹시 그것을 보지 못하셨습니까?"

승려는 가만히 장사꾼들을 보더니, 곧 말을 이었습니다.

"그 낙타는 오른쪽 눈이 안 보이고, 왼쪽 앞발은 절름발이고, 앞니가 부러졌지요? 또 잔등의 한쪽에는 밀가루를, 한쪽에는 꿀을 지고 가지요?"

승려의 말을 들은 장사꾼들은 깜짝 놀랐습니다. 그들이 잃어버린 낙타가 틀림없었기 때문입니다. 곧이어 장사꾼들은 승려를 의심하기 시작했습니다. 틀림없이 승려가 낙타를 감춰두고 있다고 믿었기 때문이지요. 장사꾼들은 승려를 끌고 재판정으로 갔습니다.

"당신이 이들이 잃어버린 낙타를 감추고 있나?"

재판관의 물음에 승려는 대답했습니다.

"아닙니다."

"그렇다면 어떻게 그 낙타에 대해서 그리도 소상히 알 수 있단 말인가?"

재판관이 질문에 승려는 전혀 동요치 않고 설명하기 시작했습니다.

"길의 한쪽만 풀이 뜯어 먹힌 것을 보고 오른쪽 눈이 없는 것을 알았습니다. 모래에 왼쪽 앞발의 자국이 다른 발자국보다 희미하게 나 있으니 왼쪽 앞발이 절름발이입니다. 뜯어먹은 풀잎이 가운데가 남아 있으니 앞니가 부러졌다는 증거입니다. 또, 길 한편에는 밀가루가 흘려져 있어 개미가 달라붙어 있고, 다른 한편에는 꿀이 떨어져 있어 파리가 붙어 있으니 밀가루와 꿀을 싣고 가는 줄 알았습니다. 그 낙타 앞뒤에는 사람의 발자국이 없으니 그 낙타는 누가 훔쳐 간 것이 아니고 길을 잃고 헤매고 있는 것이니 빨리 찾기나 하시오."

이런 이야기를 전해 들은 페르시아의 철학자가 승려에게 물었습니다.

"당신은 어떻게 해서 그런 지식을 얻었습니까?"

승려가 이렇게 대답했습니다.

"모든 것을 잘 관찰하는 것으로 얻었습니다."

그 승려가 현시대에 태어났다면 형사 콜롬보나 유명한 탐정 셜록 홈스가 됐을지도 모르겠군요.

사실 우리가 소설이나 영화에서 만나는 유명한 탐정들이 범인을 찾아가는 과정을 보면서 감탄을 하게 됩니다. 그들이 지식과 지혜가 신기하게 느껴지기 때문입니다. 그러나 자세히 살펴보면 그들도 위의 승려처럼 자세한 관찰을 통해 증거를 찾아가는 것을 볼 수 있습니다.

사람들은 관찰을 통해 깨우침에 이릅니다. 사소한 것을 무심히 지나치지 않고 관찰하는 날카로운 시각이 필요합니다. 그것은 당신을 명석한 사람으로 만들어 주는 첩경입니다.

♣ 만일 당신의 눈이 맑고 그 터득함이 깨끗하다면, 그리고 말없이 세상을 바라보면서 그 핵심을 파악할 수 있다면, 당신은 참으로 지혜롭다는 말을 들을 수 있을 것입니다.

너그러움에 대하여

중국 초나라 때 장왕(莊王)이 있었습니다. 어느 날 장왕이 잔치를 벌여 여러 신하들을 모아 놓고 즐거운 시간을 보냈습니다. 그런데 잔치 중에 돌연히 촛불이 꺼지면서 잠시 연회장이 암흑세계가 되어 버렸지요. 이때 어느 신하가 왕의 애첩의 귀를 잡고 입을 맞추었습니다.

그녀는 깜짝 놀라 엉겁결에 그 사람의 갓끈을 잡아떼었습니다. 그리고 왕의 사랑을 받은 자신에게 입을 맞춘 그 신하에게 꼭 벌을 주어야겠다는 생각이 들었습니다. 그녀는 암흑 속에서 왕에게 말했습니다.

"대왕님, 지금 어느 놈이 저에게 무례한 짓을 하였습니다. 그래서 그 놈의 갓끈을 잡아떼었으니, 그 놈을 잡아 죽여주시옵소서."

장왕은 잠시 생각에 빠졌습니다. 즐거운 잔치자리를 피로 물들이는 것도 싫었고, 애첩의 부탁을 거절하는 것도 어려웠기 때문입니다. 물론 그 괘씸한 신하가 누군지 궁금했지만 그냥 용서해

주리라 마음을 먹었습니다. 그래서 왕은 큰 소리로 여러 신하들에게 말했습니다.

"오늘 밤 이 자리에서 갓끈을 떼지 않은 사람은 벌을 내리겠다."

왕의 명령이 내려지자마자, 신하들은 앞을 다투어 갓끈을 떼기 시작했습니다. 왕의 명령을 어겼다가 벌을 받으면 안 되었으니까요. 이윽고 불을 켜고 보니 그 자리에 있던 모든 신하의 갓끈이 떼어져 있었습니다. 그래서 애첩은 누가 자신에게 무례를 범한 사람인지 도저히 구별해 내지 못했습니다. 애첩은 화가 났지만 어쩔 수가 없었습니다.

그 후 2년이 지난 뒤, 초나라와 진나라 사이에 전쟁이 벌어졌습니다. 그러나 초나라 군사는 연일 크게 패하고 말았습니다. 이 전쟁으로 말미암아 초나라는 위급한 상황에 빠지게 되었지요. 장왕은 너무나 낙심했습니다. 이 위기를 어떻게 헤쳐 나가야 할지 막막하기만 했습니다.

그런데 이 때 별안간 웬 장수 하나가 군사를 거느리고 달려와 진나라를 무찔렀습니다. 그 장수는 목숨을 걸고 진나라 군사를 상대로 훌륭한 전투를 벌였습니다. 장왕은 이 뜻밖의 지원군을 몰고 온 장수가 너무나 고마웠습니다. 그래서 그 장수를 청하여 물어보았습니다.

"당신은 누군데 목숨을 걸고 나를 도왔는가."

그 장수가 대답하기를,

"신은 옛날 대왕의 애첩에게 무례한 짓을 범한 신하입니다. 그 때 대왕의 너그러운 관용에 감동하여, 그 때부터 군사를 길러 어느 때고 대왕을 위해 목숨을 바치려 결심했습니다. 그런데 이 전쟁에 대왕의 군사가 불리하다는 소식을 듣고 이렇게 달려온 것입니다."

너그러움을 발휘하여 훗날의 위기를 모면한 장왕의 이야기는 지혜로운 군주의 모습을 보여주고 있습니다. 장왕은 너그러운 마음으로 신하를 살리고, 애첩의 마음도 상하지 않게 하는 지혜를 가졌습니다. 그리고 그것은 바로 자신의 목숨을 살리는 계기가 되었습니다.

♣ 생각이 너그럽고 두터운 사람은 봄바람이 만물을 따뜻하게 살아나게 하듯이 모든 사람을 살아나게 하고 동시에 자신의 사람으로 만듭니다. 지혜가 깊어짐에 따라 타인을 용서하고 배려하는 관대함 또한 깊어집니다.

엽서에 그린 그림

인도의 정치가 네루는 감옥에서 무려 167페이지나 달하는 자서전을 썼고, 자기 딸에게 보내는 편지 형식으로 1,560페이지나 되는 방대한 세계사를 집필하기도 했습니다. 감옥이라는 협소한 공간에서 세상과 차단되었지만 오히려 세상을 감옥속으로 끌어들인 업적이었지요.

영화 〈쇼 생크 탈출〉을 보면, 주인공이 누명을 쓰고 감옥에 갑니다. 그리고는 교도소장의 신임을 받으면서 몰래 탈옥을 준비합니다. 마침내 교도소장이 불법적으로 소유한 재산까지 빼돌린채, 몇 년 동안 판 굴을 통해서 그는 탈출을 합니다.

아일랜드의 정치가 드 발레리도 여러 번 감옥 생활을 했습니다. 그가 링컨 감옥에서 수감생활을 했을 때 탈출했던 얘기는 여러 가지가 전해집니다. 그러나 그 진상은 이러했다는군요.

그는 엽서에 괴상한 그림을 그렸습니다. 그 그림은 술에 만취

한 사람이 자물쇠에다 커다란 열쇠를 맞추고 있는 모습이었습니다. 감옥 내에서는 수감자에게 오는 편지나 보내는 편지 등 모든 것을 검열하게 되어 있습니다. 검열자들은 발레리가 그린 이 엽서를 검열했지만, 그 내용만 읽었을 뿐 그림에는 딱히 어떠한 문제점을 발견하지 못했습니다. 당연히 검열은 통과됐고, 이 엽서는 발레리의 동료인 한 아일랜드 인에게 전달되었습니다. 그러나 엽서를 받은 아일랜드 인은 발레리가 직접 그린 엽서를 받고 그 어떤 의미도 파악하지 못했습니다. 당연히 안부만 적혀 있는 엽서는 그의 책상 서랍에 처박혀지게 되었지요.

그러나 사실 그 그림에는 깊은 뜻이 있었습니다. 그림 속 술 취한 사내가 들고 있던 열쇠는 바로 형무소 안마당으로 통하는 열쇠 모양을 자세히 그려놓았던 것입니다.

그 후 발레리는 똑같은 그림을 다시 그려 아일랜드인에게 보냈습니다. 이번에는 열쇠 모양을 조금 작게 그렸습니다. 아일랜드인은 똑같은 엽서를 다시 받고 나서야, 발레리의 의중을 알아차렸습니다. 그림에 맞춰 열쇠를 만들어 그것을 몰래 발레리에게 전달했습니다. 그러나 안타깝게도 그 열쇠는 맞지 않았습니다. 그래서 발레리는 그 열쇠를 다시 내보냈지요.

아일랜드인은 돌아온 열쇠를 보고 곰곰이 고민했습니다. 다시 열쇠를 만들어 들여 보내봤자, 맞지 않을 테니 말입니다. 그래서 아일랜드인은 아예 열쇠를 만들 쇠 조각과 줄을 케이크 속에 감

추어 감옥 안으로 보냈습니다. 그리하여 어느 날 저녁, 발레리는
의젓하게 형무소 안마당을 걸어 나왔다고 합니다.

　지금처럼 현대화된 감옥에서는 발레리의 지혜가 통하지는 못
할 것입니다. 하지만 그 시절 궁하면 통한다고 발레리는 탈옥을
위한 지혜를 보여주었습니다. 그리고 그 뜻을 잘 파악한 아일랜
드인도 훌륭했지요.

　지혜란 인간을 침착하게 만듭니다. 조급하고 당황할 때 지혜가
발휘되기 힘듭니다. 편견과 선입견 없이 사물을 관찰하며, 깊이
생각할 때 적절한 지혜가 생겨나는 것입니다.

　　♣　지혜는 억압과 위험 속에서 자신을 구해냅니다. 어리석은 사람이 포
　기하고 무너질 때, 지혜가 있는 사람은 '위기'를 '기회'로 전환시킬 수 있
　습니다.

까마귀와 개나리꽃

옛날 인도에 아름다운 공주가 살고 있었습니다. 이 공주는 무척이나 새를 사랑해서 세계에서 예쁘다는 새들은 모두 사들였습니다. 그래서 궁전은 온통 새로 꽉 차 있었습니다. 공주는 왕이 너무도 총애하였기에, 대신들도 다투어 공주의 눈에 들려고 온갖 기이하고 예쁜 새들을 기르기에 여념이 없었습니다. 나랏일을 돌보지도 않은 채 말입니다. 그 때문에 나라의 정사는 엉망이 되었고 백성들의 불평은 자꾸 높아져만 갔습니다.

그런데 그러한 공주에게는 한 가지 소망이 있었습니다. 공주에게는 무수히 많은 새장이 있었지만, 단 한 개의 새장만은 비워뒀습니다. 왜냐하면 그 새장만큼 아름다운 새를 본 적이 없었기 때문입니다. 그 새장 속에 어떤 아름다운 새를 넣어 두어도 새장의 아름다움에 새가 제 빛을 내지 못했습니다.

공주는 늘 이 새장에 걸맞은 새가 없을까 한탄을 했습니다. 그리하여 마침내 신하들과 백성들에게 공표했습니다. 이 새장 속에

넣을 만큼 아름다운 새를 구해오면, 많은 상과 함께 자신이 가지고 있던 모든 새를 주겠다고 했습니다. 모두들 세상에서 가장 아름다운 새를 찾기 위해 방방곡곡을 찾아 다녔습니다. 그리고 사람들은 가장 아름다운 새라며 제각기 새를 구해 공주에게 왔습니다. 그러나 공주는 고개를 설레설레 저을 뿐이었습니다.

그러던 어느 날, 한 늙은이가 세계에서 제일 아름다운 새를 가져왔다고 말했습니다. 공주가 그 새를 보니 과연 기막히게 아름다웠습니다. 공주는 너무나 기뻐하며 많은 상금을 그에게 주고, 자신의 모든 새를 선물로 주려 했습니다. 실은 공주는 이 아름다운 새를 보자, 자신이 그토록 사랑하던 새들이 미워졌기 때문입니다. 그는 새들이 있을 곳은 하늘이라며 날려 보내주라고 청했습니다. 공주는 흔쾌히 자신의 모든 새들을 자유롭게 풀어 주었습니다. 다른 신하들도 공주를 따라서 기르던 새들을 날려 보냈지요.

이제 신하들은 다시 나랏일을 살피고, 백성들도 제 할 일에 열심히 했습니다. 공주는 아름다운 새에 빠져 하루하루를 보냈습니다. 그런데 이상하게도 그 새의 깃털은 매일 낡아 가고, 울음소리도 흐려져 갔습니다. 공주는 매우 상심하며 더욱 새를 아꼈지만 새는 병이 든 것처럼 점점 초라해져 갔습니다. 공주는 새를 가꾸어 주려고 목욕을 시켰습니다. 그런데 목욕을 마친 새를 본 순간 공주는 그만 까무러칠 뻔했습니다. 그것은 새 중에서 가장 못난

까마귀였습니다. 까마귀에 아름다운 색을 칠하고, 목에는 은방울을 달아서 좋은 울음소리를 내게 한 것이었습니다.

공주는 너무나 기가 막혀 시름시름 앓다가 죽고 말았습니다. 공주가 묻힌 무덤에서 한 나무가 자랐는데, 그것이 개나리였습니다. 까마귀에게 뺏긴 새장이 너무 아까워서 가지를 쭉쭉 뻗고 금빛의 꽃으로 장식할 새장 같은 꽃나무로 변한 것이었습니다.

인간의 어리석음은 한 가지 일에 집착하는 것일 수도 있습니다. 정작 중요한 것은 잊은 채 오로지 자신의 욕심에만 빠져 있어서는 곤란하겠지요. 화려한 겉모습 속에는 까마귀라는 못생긴 어리석음이 자리 잡고 있을지도 모릅니다. 이야기 속의 늙은이는 그런 공주의 어리석음을 꿰뚫어 보았습니다.

♣ 정작 중요한 것을 팽개치고 자신의 욕심만 채우는 어리석음을 범하는 사람이 많습니다. 지혜란 바로 이런 인간의 어리석음을 꼬집어 내는 것입니다.

고전과 베스트셀러

책에 모든 것이 들어 있다는 말을 부인하는 사람은 없을 것입니다. 세상의 경험과 사상이 글이라는 매체로 표현되어 있는 것. 그 책을 통해 우리는 현자들의 사상을 접하고, 다른 인생을 경험하게 됩니다. 특히 '고전'이라 이름 붙여진 책들은 오랜 세월을 통해서 그 가치가 입증된 것입니다. 그것을 알면서도 우리는 왜 고전 읽기가 그리 쉽지 않은 것일까요?

고전이란 단순히 옛날 책을 의미하는 것이 아닙니다. 수세기를 거쳐 그 내용은 변함이 없지만 언제나 마르지 않는 샘물처럼 우리에게 새로운 정신의 원천이 됩니다.

무엇이든 새것이라면 좋아하는 한 여대생이 있었습니다. 그녀가 컬럼비아 대학의 레이먼드 위버 교수에게 요즈음 한창 인기 있는 베스트셀러 제목을 말하며 읽었느냐고 물었습니다. 교수가 아직 읽지 않았다고 대답하자, 그 여대생은 출판된 지 석 달이나 지났으니 빨리 읽어보라고 했습니다.

그러자 교수는 그 여학생에게 단테의 『신곡』을 읽었느냐고 물어보았습니다. 여학생은 아직 읽지 않았다고 대답했지요. 교수가 그 여학생에게 뭐라고 했는지 아십니까?

"그 책은 나온 지가 600년이나 넘은 거야. 빨리 읽게나."

요즘처럼 급변하는 사회 속에서 우리는 조금이라도 유행에 뒤쳐지지 않으려고 애를 씁니다. 인기 그룹의 신곡이 나오면 곧장 그 노래를 외워 버립니다. 잘됐다는 영화가 나오면 그 영화를 보지 않고서는 대화가 되지 않습니다. 주변 사람들에게 뒤쳐지지 않기 위해서 우리는 무수히 쏟아져 나오는 새로운 것들을 내 것으로 소화시키려고 애를 씁니다. 그리고는 그렇지 못한 친구들에게 말하곤 합니다.

"너 아직도 그거 못 봤니?"

교수 앞에서 부끄러움을 당한 여대생과 다를 바가 없습니다. 정말 부끄러운 것은 H.O.T의 노래 가사를 외우지 못하는 것이 아닙니다. 닉스 청바지를 입지 못하는 것은 더 더욱이 아닙니다. 우리의 마음이 황폐해지고 감각적인 것에 치우쳐 버려 정작 중요한 것은 외면해 버리고, 그 가치조차 평가할 수 없게 돼 버리는 것이지요.

젊은이 중에는 '고전'이라면 마치 우리 생활과 동떨어진 것이라 치부해 버리고 외면하는 것을 볼 수 있습니다. 혹은 읽어야지,

라는 마음은 먹지만 누구나 읽기 싫어하는 것이기도 합니다. 그러나 단연코 말할 수 있는 것은 우리가 지혜로워지길 원한다면 고전을 읽어야 한다는 것입니다.

고전은 현실을 자각시켜 주는 것이고 미래의 지침서입니다. 그리고 무엇보다 중요한 것은 잠들어 있는 나 자신을 일깨워 주는 힘이 된다는 것입니다. 내가 어리석은데 다른 사람 앞에서 잘난 척하는 것이 얼마나 부끄러운 일인지요.

H.D. 소로는 이렇게 말했습니다.

"고전이란 인류 사상의 가장 고귀한 기록이 아니겠는가. 고전이야말로 망하지 않는 유일한 신탁이다. 고전연구를 그만 두는 것은 마치 자연이 오래되었기 때문에 자연에 대한 연구를 그만 두는 것과 같은 것이다."

♣ 고전은 미래의 지침서입니다. 그리고 무엇보다 중요한 것은 잠들어 있는 나 자신을 일깨워 주는 힘이 된다는 것입니다. 어두운 곳에서 어떤 것을 찾을 때 꼭 필요한 것이 밝은 '전등'이라면, 우리의 삶 속에서 지혜를 찾기 위해서 '고전'을 읽는 시간을 즐겨 하십시오.

적을 알고 나를 알면 백전백승

알 지(知)와 밝을 명(明). 이 두 한자를 볼 때 그저 지와 명으로 읽거나 표면적인 뜻을 이해할 뿐입니다. 안다는 것과 밝다는 것은 어떠한 관계가 있을까요?

어려운 수학 문제를 풀거나, 혹은 난해한 영어 독해를 할 때 우리는 '알려고' 노력합니다. 단순히 문제 해결을 위해 몸부림을 치는 것이지요. 그러다가 얼마 후 그것이 해결되면 우리는 기쁨을 느낍니다. 아마도 순간 그 문제에 대해 우리의 머리가 '밝아지는' 것이겠지요.

이것은 사람 사이에도 마찬가지입니다.

예를 들어 당신이 누군가를 짝사랑하고 있다고 합시다. 그 사람이 나를 어떻게 생각하는지, 내 마음을 알고나 있는지 우리의 마음은 답답한 어둠 속을 헤매게 됩니다. 그 사람의 마음을 알 수만 있다면 얼마나 좋을까. 늘 이런 바람을 가지게 되지요. 그러나 우리는 그 순간조차 정작 중요한 것을 잊고 있는지 모릅니다. 그

92

것은 바로 당신 자신에 대해 얼마나 정확히 깨닫고 있는가 하는 것입니다.

소크라테스는 "너 자신을 알라."라고 말했습니다. 이 말에 대해 메난드로스는 "'너 자신을 알라'고 하는 말은 적절한 말이 아니다. 오히려 '다른 사람들을 알라'라고 하는 것이 보다 더 실용적이다."라고 반박했습니다.

사실 '나를 아는 것'이나 '다른 사람을 아는 것'이나 그 어떤 것이 더 중요하다고 쉽게 단정할 수는 없습니다. 세상은 나만 알아서 될 일도 아니고, 타인만 알아서 될 일도 아니니까요.

이에 대해 중국의 노자(老子)는 두 한자로 이 문제를 풀고 있습니다.

"남을 아는 것은 지(知), 나를 아는 것은 명(明)이다."

밝다는 것은 눈에 훤히 보이기 때문에 확실하게 드러나는 실체일 것입니다. 그것이 눈에 보이는 것이든, 눈에 보이지 않는 심리적인 것이든 자신에게 느껴지는 밝음은 확신으로 다가올 수 있습니다. 노자의 말은 자기를 아는 것이 남을 아는 것보다 어렵다는 것을 우리에게 가르쳐 줍니다. 소크라테스가 직설적으로 말했다면 노자는 은근하게 돌려 간접적으로 말한 것일 테지요.

부모님도, 친구도, 선생님도 당신의 완전한 등불이 되어 주지 못합니다. 왜냐하면 그들은 자신의 등불만 될 뿐입니다. 그 무엇도 당신의 등불로 평생을 살아주지 않습니다.

참 각박한 세상이라고 여겨질지도 모르겠습니다. 세상에 의지할 것 하나 없다니요. 자신만을 믿으라니요.

간혹 우리는 멀고도 먼 인생의 길에서 밝은 등불을 만나기도 합니다. 그것이 작은 책일 수도 있고 위대한 역사 속 위인일 수도 있고, 내게 도움을 주는 옆 사람일 수도 있습니다. 우리는 내게 영향을 준 어떤 한 존재에 대해 존경심을 가지게 됩니다. 그러나 그런 존재가 당신을 평생 책임져 주지는 않습니다. 그 이후 노력하고 정진해야 하는 것은 바로 우리 자신입니다.

그 노력의 과정에 당신은 잠시 다른 낯모르는 이의 등불이 될 수도 있을 겁니다. 그러면 당신은 그 사람에게 불씨가 되는 작은 등불이 되는 거겠지요. 그것은 얼마나 아름다운 일입니까. 당신의 빛으로 누군가에게 밝음을 줄 수 있다면 말입니다.

♣ 나를 아는 것이 밝음(明)입니다. 즉, 자기를 등불로 하고, 자기를 의지할 곳으로 삼아야 합니다. 남의 것에 의지하지 마십시오. 어둡고 막막한 길에 등불이 되는 것은 자기 자신뿐입니다.

우물 안의 개구리

교통이 지금처럼 발달하지 않았을 옛날에는, 마을에서 흐르는 실개천이 제일 큰 강인 줄 알았을 겁니다. 서울에서 태어나 서울을 떠나본 적이 없는 사람은 한강이 제일 큰 강인 줄 알 것입니다. 부산에서 태어나 부산에서 평생을 산 사람은 해운대 앞바다가 가장 큰 바다로 생각하며 살았겠지요.

『장자(莊子)』의 「추수편(秋水篇)」에 보면, 개구리 이야기가 나옵니다. 개구리가 동해(東海)에 사는 자라를 보고 말했습니다.

"나는 참으로 즐겁단다. 나는 우물 시렁 위에 뛰어 오르기도 하고, 우물 안에 들어가서는 부서진 벽돌 가장자리에서 쉬기도 해. 또 물에 들면 겨드랑이와 턱으로 물위에 떠 있기도 하고, 발로 진흙을 차면 발등까지 흙에 묻히기도 하지. 저 장구벌레나 게나 올챙이 따위야 어떻게 내 팔자에 겨누기나 하겠니? 나는 한 웅덩이의 물을 온통 혼자 차지해서 마음대로 노니는 즐거움이 지극하단다. 왜 자라 너는 가끔 놀러 오지 않는 거야?"

드넓은 바다를 오가는 자라가 개구리의 얘기를 듣고 어떤 표정을 지었을까요? 우물 안의 개구리는 자신의 환경과 능력을 과신하고 있습니다. 그러나 보다 크고 넓은 능력을 가진 이에게 그것은 대수롭지 않게 여겨질 것입니다.

　　　　　　　　　　∽∽

　자신감을 갖는다는 것은 무턱대고 자기 능력을 과시하고 교만에 빠지라는 것이 아닙니다. 세상에는 당신이 가지고 있는 능력보다 더 뛰어난 능력을 가진 사람들이 수두룩합니다. 지금 당신이 보고 있는 강은 너무나 작은 실개천일 수 있습니다. 아직 당신이 경험하지 못한 바다는 너무나 넓고, 어쩌면 평생에 한 번 그곳에 도착해 보지 못할지도 모릅니다. 산 정상에 오르고 보니 더 큰 산의 언덕에 지나지 않더라, 라고 한탄한 옛 조상의 말처럼 우리는 한도 끝도 없는 정상을 향한 도전을 계속하고 있습니다.

　그런데 "아무리 뛰어난 천재의 능력도 기회가 없다면 소용이 없다."고 나폴레옹 1세가 말했습니다. 어쩌면 개구리가 바다에 가보지 않았을 뿐이지, 바다에 던져졌다면 또 어떤 인생을 살게 됐을지는 아무도 모르는 일입니다.

　그러나 개구리는 바다에 가기 전에 할 일이 있습니다. 먼저 바다에 가서 헤엄칠 수 있는 준비를 해야 합니다. 민물에서 살던 개구리라 짠 바닷물에서 숨 쉴 수 있는 적응력을 키워야겠지요 수많은 바닷고기의 사냥에서 도망칠 수 있는 기술도 익혀야 하고,

작은 몸으로 거대한 바다를 헤엄칠 수 있는 체력도 길러야 할 것입니다.

스탕달은 이렇게 말했습니다.

"산 속에서 보물을 찾기 전에 먼저 그대의 두 팔에 있는 보물을 충분히 이용하라. 그대의 두 손이 부지런하다면 그 곳에서 많은 것이 샘솟듯 솟아날 것이다."

『논어(論語)』에 보면 또 이런 말도 있습니다.

"벼슬자리가 없음을 근심할 것이 아니라 벼슬자리에 설 능력이 없음을 근심할 것이고, 자기가 알려지지 않음을 근심할 것이 아니라 알려질 수 있는 실력이 갖게 되기를 바라야 한다."

이제 우리가 해야 할 것은 노력하는 일입니다. 우리의 팔 안에 이미 보물은 존재합니다. 그것을 꺼내 크게 되게 만드는 것은 우리 몫입니다.

♣ 아무리 천재가 뛰어난 능력을 가졌다고 해도 그것을 쓸 기회가 없다면 아무 소용이 없습니다. 그리고 더 중요한 것은 기회가 왔을 때 그것을 잡을 수 있는 실력을 키우는 것입니다. 우물 안의 개구리가 되기를 거부할 때 당신은 이미 바다로 향하고 있는 것입니다.

카발라 명상법

'카발라'는 '전통'을 뜻하는 헤브라이어입니다. 유대교의 신비주의적 전통을 일컫는 말이기도 합니다. 카발라의 중요 문헌 『조하르』는 『토라(구약성서의 모세5경)』와 『탈무드』에 이어 유대교의 3대 경전으로 꼽힙니다. 조하르는 신의 성질과 운명, 선과 악, 메시아와 구원에 관한 신비주의적 사색을 담고 있다고 합니다.

'카발라 명상법'이란 카발라 학자들이 문헌을 연구하기 전에 머리를 맑게 하기 위해 사용된 명상법입니다.

먼저 등이 바닥에 닿게 누워서 다리를 약간 벌립니다. 팔을 몸에 붙이지는 말고 몸과 나란하게 쭉 뻗습니다. 손바닥은 위를 향하게 놓으세요.

명상은 자기 허파 안에 들어오는 공기에 대한 생각으로 시작합니다. 그런 다음 가슴이 열리고 허파 안으로 공기가 들어오는 것을 느껴야 합니다.

처음에는 숨을 천천히 들이마시면서 더러운 피가 다리를 거쳐 발가락으로 빠져나가고 허파 안에 산소가 풍부해지고 있다고 생각합니다. 숨을 내쉬면서 산소를 가득 빨아들인 스펀지 같은 허파가 다리에서 발가락 끝에 이르기까지 하반신 구석구석에 깨끗한 피를 분산시키고 있다고 상상합니다.

그런 다음 다시 숨을 들이마시면서 복부 기관의 피를 허파로 빨아들인다고 생각합니다. 숨을 내쉬면서 활력이 넘치는 피가 간, 지라, 소화기, 생식기, 근육을 흥건히 적시고 있다는 느낌을 가져야 합니다.

다시 숨을 들이마시면서 손과 손가락의 혈관을 깨끗한 피로 가신다고 생각합니다. 마지막으로 한층 더 깊이 숨을 들이마시면서 뇌의 피를 허파로 빨아들이고 고여 있는 생각들을 모조리 비위 허파로 보냅니다. 그 다음 활력으로 가득 찬 피와 맑아진 생각을 뇌로 돌려보냅니다.

각 단계가 눈으로 보듯 분명하게 느껴져야 합니다. 뇌에 깨끗하고 활기찬 피가 가득하게 하려면 머릿속에 있는 더러운 것을 모두 씻어 내야 합니다.

카발라 명상법을 찬찬히 살펴보니 좀처럼 쉬워 보이지 않군요. 일단 자신의 몸에 돌고 있는 공기와 피의 흐름을 자유자재로 조절할 수 있는 능력이 있어야 할 것 같습니다. 그러나 명상이란 어차피 자신의 마음을 차분하게 가라앉히는 작업이니 카발라 명상법도 반복하다보면 요령이 생길 것도 같습니다.

일단 가만히 누워서 인체 속에서 일어나는 순환을 상상하며 자꾸만 머릿속을 깨끗하게 비운다고 생각하는 것만으로도 효과가 있지 않을까요.

'물구나무서기'를 하는 것도 비슷한 이유에서입니다. 인간은 계속 직립 보행을 하기 때문에 뇌에 맑은 피를 충분히 보내지 못하는 구조를 가지고 있습니다. 머리가 맑아진다는 것은 육체적으로만 보면, 신선한 혈액이 뇌에 충분히 공급되는 것을 의미합니다. 그래서 물구나무서기를 해서 순간적으로 피가 아래로 쏠리게 함으로써 뇌에 혈액을 많이 공급해 주는 것이지요.

♣ 카발라 명상을 하다가 가끔 물구나무서기를 해주는 것도 좋겠군요. 그러나 아무리 좋은 명상법이나 운동방법이 있다 해도 자신의 마음이 안정되지 않으면 아무 효과가 없다는 것을 깨달아야 합니다.

현명한 유산 상속

고려 때, 손변이라는 사람이 지방장관격인 경상도 안렴사가 되었을 때 일입니다.

어느 날 한 고을에 사는 오누이가 손변을 찾아와 부모가 남겨 준 재산을 두고 서로의 권리를 주장했습니다. 오래 전 오누이의 부친이 죽으면서 모든 재산을 딸에게 남겨주고, 남동생에게는 값어치 없는 검은 의관과 검은 갓 한 개, 미투리 한 켤레, 종이 한 권만을 달랑 남겨 주었기 때문이었습니다. 그러자 아우는 이러한 유산 상속을 받아들일 수 없다고 소송을 한 것이었습니다.

손변은 먼저 아우의 말을 들어보았습니다.

"한 날 한 하늘 아래, 같은 부모에게서 태어났는데 어찌해서 누이 혼자 부모의 재산을 다 얻어야 합니까?"

그러자 누이가 말했습니다.

"아버지가 임종하실 때 집 재산을 모두 나에게 물려주시고, 아우의 몫으로는 검은 갓 한 개와, 검은 의관 한 벌과, 미투리 한 켤

레와, 종이 한 권을 남겨 주셨을 뿐입니다. 여기에 아버지가 쓰신 증서가 있는데 어찌 이를 어길 수가 있겠습니까?"

오누이의 송사는 두 사람의 주장이 다 옳은 면이 있었기에 판결 내리기가 쉽지 않았습니다. 손변은 곰곰이 생각한 후 두 사람을 불러 놓고 물어보았습니다.

"너희의 아버지가 돌아가실 때 어머니는 어디에 있었느냐?"

손변의 물음에 누이가 대답했습니다.

"아버지보다 먼저 돌아가셨습니다."

"그럼 너희 부친이 돌아가셨을 때 나이가 각각 몇 살이었느냐?"

또 누이가 대답했습니다.

"저는 출가하였고, 아우는 어릴 때입니다."

대답을 다 들은 손변은 고개를 끄덕이며 두 사람을 타이르기 시작했습니다.

"부모의 마음은 아들이나 딸에게 똑같은 것이다. 그 어찌 장성하여 출가한 딸에게만 후하고, 어미도 없는 어린 아들에겐 박하게 하였겠느냐. 돌아보건대 어린 아들을 부탁할 자는 누이밖에 없다. 그런데 만약 어린 아들에게도 누이와 똑같이 재물을 나눠 주었다면 누이가 동생 사랑하는 것이 지극할 수 있었겠는가? 견물생심이라는 말이 달리 있는 것이 아니다. 혹여 아우 양육하는 것이 제대로 되지 않을까 우려하신 것이다. 아들에게 종이와 의

관과 미투리만 남긴 것은 이러한 뜻이다. 아들이 장성하면 이 종이로 고소장을 쓰고, 검은 갓과 의관을 걸치고, 미투리를 신고 관가에 고하라는 것이다. 그러면 장차 이 일을 판별하여 줄 사람이 있을 거라고 생각한 것이다. 네 가지 물건만을 남겨준 뜻은 대체로 이러하니 너희들은 선친의 현명한 뜻을 잘 새겨야 할 것이다."

두 사람은 손변의 판결을 듣고 감동하여 서로 마주 보며 울었습니다. 손변은 두 사람에게 재산을 똑같이 나누어주었습니다.

우리는 간혹 물질에 눈이 멀어 현명함을 놓칠 때가 있습니다. 현실에서도 종종 집안의 재산 싸움으로 형제간에 의가 단절되고 남보다 더 소홀한 관계에 놓여지는 경우를 종종 볼 수 있습니다. 눈앞에 보이는 '경제력' 만으로 세상의 가치를 판단하는 어리석음을 범해선 안 될 것입니다.

♣ 우리는 간혹 물질에 눈이 멀어, 현명함을 놓칠 때가 있습니다. 늘 우리의 머리와 마음을 혼탁하지 않게, 올바르고 맑게 가꾸는 것이 중요합니다.

똑똑한 것보다 귀한 지혜

얼마 전에 TV에서 고등학생들이 나와서 영어로 단어를 설명하면 외국인들이 맞추는 프로그램을 본 적이 있습니다. 외국어라면 한자까지 포함해서 영 자신이 없는 나로서는 그런 고등학생들의 영어 실력에 감탄을 했습니다.

세상에는 참 똑똑한 사람이 많습니다. 보기만 해도 머리가 지끈거리는 물리학 이론을 줄줄 외며 설명하는 학자도 있습니다. 매년 소위 일류라고 불리는 대학에 들어가는 수만 명의 신입생들을 봐도 대단하게 느껴집니다. 정치하는 사람들 중에도 그들의 이력을 보면 학벌이 굉장하더군요. 연예인들 중에도 좋은 대학 출신이라면 플러스알파 점수가 주어집니다. 노래도 잘하고 외모도 출중한데 머리까지 좋다니, 대충 이런 식이지요.

사실 똑똑하다는 것은 경쟁사회를 살아가는 데 중요한 요소입니다. 그래서 사람들은 죽어라고 토익 공부를 하고, 외국어를 익히고, 전공분야에서 두각을 나타내기 위해서 피나는 노력을 합니다. 똑똑한 사람은 어디에서나 대우를 받습니다. 물론 당연합니다. 제 몫을 충분히 해내는 사람이 각자의 위치에 있을 때 사회는 발전하는 걸 테니까요.

언젠가 본 책 중에 '세상은 소수 몇 사람에 의해서 변화, 발전된다.'라는 말이 있었습니다. 그 글을 읽으면서 잠시 고개가 갸우뚱해졌습니다. 그러면 이 땅에 발붙이고 사는 수많은 평범한 사람들은 있으나 마나란 말인가? 더 이상 그 책에 대한 관심이 사라졌습니다.

전혜린이라는 여류 수필가가 생각나는군요. 『그리고 아무 말도 하지 않았다』를 쓴 작가지요. 그 사람의 글 중 이런 말이 나옵니다.

"나는 평범한 것을 거부한다."

대충 이런 말이었던 걸로 기억이 납니다.

많은 사람들이 평범하지 않기를 바랍니다. 누구나 타인에게 인정받고 싶고 누구보다 멋진 사랑을 하고 싶고, 부와 명예와 권세를 위해 남들이 하는 모든 발버둥을 치는 것이 사실입니다. 그러나 한 발자국만 떨어져서 바라보면 단순히 똑똑한 것만이 세상을 바르게 살아가는 것이 아니라는 것을 알 수 있습니다.

우리는 '현명한 사람'이 되어야 합니다. 버거운 세상살이에서 자신을 올바르게 세우고 남들과 조화롭게 사는 것. 그러기 위해서는 열심히 일해야 하며, 열심히 사랑하고 열심히 보고 느껴야 할 것입니다. 그런 와중에 당신이 누구에게 인정을 받아 세상이 말하는 성공이라는 것을 하게 된다면 그보다 더 좋을 수는 없겠지요. 그러나 단순히 성공하기 위해 정작 중요한 것을 놓쳐서는 안 됩니다. 무엇이 우선이고, 무엇이 차선인지를 깨달아 가는 것이 바르게 성장하는 모습일 것입니다.

♣ 현명하다는 것은 지혜롭다는 말입니다. 지혜는 원한다고 해서 어느 순간 갑자기 생겨나는 것은 아닙니다. 목숨을 걸고 공부를 한다면 우리는 1등을 할 수도 있습니다. 그러나 지혜로운 사람이 되고 싶다고 해서 누구나 그렇게 되지는 않습니다. 지식이 풍부하여 똑똑한 것 보다 더 귀한 것은 마음속에 현명함이 넘쳐나는 지혜일 것입니다.

3
믿음과 용기를 주는 편지

필론의 돼지

가만히 앉아 있다가도, 밥을 먹다가도, TV를 보다가도, 우리는 갑자기 엄습해 오는 불안감을 경험할 때가 있습니다. 구체적인 이유가 있는 것도 아닌데 그런 불안감에 휩싸일 때면 머리 속이 멍해지며 안절부절못하게 됩니다.

철학자 필론은 폭풍우가 몰아치는 날, 배를 타고 여행 중이었습니다. 배에 타고 있던 승객들은 공포에 질려 벌벌 떨고 있었지요. 거대한 폭풍우가 언제 배를 집어삼킬지 모르는 상황이었으니까요.

최고의 흥행을 기록했던 영화 〈타이타닉〉을 떠올려 봐도 되겠군요. 그 영화에서는 거대한 빙산에 부딪힌 타이타닉호가 서서히 침몰해 가는 과정을 보여줬습니다. 사람들은 아우성을 치고, 바다에 떨어져 익사하거나 추위에 얼어 죽었습니다. 최악의 상황에 부딪혔을 때 사람들은 어떻게든 살고자 몸부림을 칩니다. 죽음에 대한 두려움은 너무나 커서, 죽음이 오기 전에 먼저 죽고 싶

109

어지기도 합니다.

다시 필론이 타고 있던 배 안으로 돌아갑시다. 사람들이 공포에 질려 떨고 있을 때, 배 안에는 한 마리의 돼지가 같이 타고 있었습니다. 그런데 그 돼지는 폭풍에 마음을 뺏기지 않은 듯, 조금도 떨지 않았습니다. 필론이 그 돼지를 가리키며 사람들에게 말하기 시작했어요.

"우리가 그토록 소중히 여기는 이성(理性)이라는 것이 무엇입니까? 인간을 만물의 영장으로 만든 그 이성 때문에 우리가 지금 공포에 떨고 있는 것입니다. 지금 이 순간, 신이 인간에게 부여한 이성 때문에 우리는 괴로움을 당하고 있는 것이군요. 사물에 대한 지식이 대체 무슨 소용이 있습니까? 그것으로 인해 오히려 평정을 잃고, 지금 우리 곁에 있는 돼지보다 못한 존재가 되었습니다. 결국 우리의 행복을 위해 부여된 이성으로 인해 우리는 망쳐지고 있습니다."

자, 지금 당신은 불안 속에 있나요? 마음이 조급해지고 두렵기까지 합니까? 당신에게 있는 이성이 불안을 더욱 가중시키고 있다면 잠시 이성을 접어 두세요. 지금 무언가를 하지 않으면 내 미래는 엉망이 될 텐데, 혹은 지금 이 일을 하지 않으면 당장 내일 큰일이 날 텐데 도대체 난 왜 이럴까 등등 머리 속에 넘쳐나는 수많은 두려움들을 그냥 내버려두십시오.

지금 이 순간 당신은 '필론의 돼지'가 되어도 좋습니다. 우리의 이성이 우리를 불안하게 만든다면, 잠시 이성을 던져버리고 무감각의 세계로 들어가 보면 어떨까요.

옛사람들은 두려움에 대해서 이렇게 말했습니다.

"겁쟁이가 숨어 살 집을 고르는 것까지도 두려워한다면, 이 세상에 두렵지 않은 것은 하나도 없을 것이다."

즐길 수는 없겠지만 잠시 그냥 내버려두면 다시 떠나가는 것, 그것이 불안입니다. 마음을 가다듬고 잠시의 여유를 가지세요. 당신은 겁쟁이가 아닙니다. 왜냐하면 지금 무언가를 위해 노력하는 사람이니까요.

🐟 우리가 불안에 대해 알아야 할 한 가지는, 불안과 두려움을 주는 어떤 상황도 반드시 끝이 있다는 것입니다. 혹은 당신이 그것을 끝나게 만들어 버릴 수도 있구요. 이렇듯 종결되어 버리고 말 불안감에 대해 너무 심각하게 생각할 필요가 없습니다.

냇물은 쉬지 않고 흐른다

천자문(千字文)에 쓰여진 글자는 모두 몇 개일까요? 바보 같은 질문을 한다고 웃으시겠군요. 네, 그렇습니다. 천자문의 글자는 모두 천 개입니다. 그러나 그 천자문의 글자들이 낱낱이 따로 떨어져 있는 것이 아니라, 네 글자씩 묶여 하나의 시구절을 이룬다는 것을 아는 사람은 드물 것입니다.

천자문 첫 8자의 두 구절을 살펴 봅시다.

천지현황 우주홍황(天地玄黃 宇宙洪荒)

하늘은 이치가 깊어 알기 어렵고 땅은 황색이로다. 우주는 넓고도 멀며 거칠기도 하구나.

이렇게 천자문은 천 개의 글자가 모두 250구절로 이루어져 있습니다. 천자문이 온통 시였다니, 신기하지 않으세요?

이 천자문 시구 중 67번째 시구가 바로 천류불식(川流不息)입

112

니다.

천류불식 연징취영(川流不息 淵澄取暎)

내물은 흘러서 쉬지 않고, 깊은 못의 물은 맑디맑아서 속까지 비쳐 보인다.

천류불식은 높은 덕을 이루기 위해 부단히 정진할 것을 의미합니다. 그리하여 연징취영, 즉 부단한 노력의 결과로 인해 맑고 맑은 덕의 경지에까지 도달함을 뜻합니다.

공자가 내물이 쉬지 않고 흐르는 것을 볼 때마다 "물이로다!" 하며 탄식한 일은 매우 유명한 일화입니다. 졸졸 흐르는 작은 물줄기는 흐르기를 쉬지 않다가 마침내 큰 강에 이르고, 또 바다로 흘러들어 갑니다. 사람도 덕을 닦는 일을 게을리 하지 않고 자신을 연마함을 쉬지 않는다면, 성현의 경지에 도달할 수 있다는 뜻이겠지요.

이와 같은 의미의 사자성어가 또 있습니다.

자강불식(自强不息), 즉 '스스로 굳세어서 쉬지 않는다고 하면 무엇이 두렵고 무엇이 어려우랴.' 라는 뜻이죠.

이렇듯 옛 고전들은 자신을 가꾸기 위해 끊임없이 노력할 것을 강조하고 있습니다. 만약 내물이 흐르는 것이 고단하다 하여 그 흐르기를 멈춘다면, 냇물은 한 곳에 고여 종내엔 썩어 들어갈 것입니다. 썩은 물에서는 물고기가 살 수 없고, 악취가 진동하겠지요. 혹은 사람의 손에 메어져 바다는커녕, 그대로 존재가 사라질지도 모릅니다.

너무나 고단하고 힘들어질 때마다, 혹은 게으름과 나태의 병이 불쑥불쑥 도질 때마다 흐르는 냇물을 떠올리시기 바랍니다. 졸졸졸 힘없이 흐르는 냇물이지만 이렇게 흘러 어느 세월에 바다로 갈까 의구심이 들지만, 쉬지 않고 흐르기만 한다면 냇물은 틀림없이 바다에 이르게 됩니다. 그 광활한 평원 같은 드넓은 바다의 품에 안기게 되는 것이죠.

🐌 유행가 중에 '달팽이'란 노래가 있었죠. 인간에 비해 너무도 보잘 것 없는 달팽이조차 쉬지 않고 바다로 갑니다. 달팽이보다 훨씬 우월한 우리들이 바다로 가는 노력을 게을리 하고 있진 않은지 돌아봅시다.

당당한 실패

발명왕이란 칭호를 받는 에디슨은 하나의 새로운 물건을 발명할 때 단 한 번도 한 차례의 시도로 성공하지 못했다고 합니다. 무수히 많은 실패의 연속 끝에 밝게 빛나는 전구를 만들어 냈고, 소리를 내는 축음기를 발명했던 것입니다. 더욱이 처음 발명한 것은 아주 미숙한 것에 지나지 않았습니다.

그런 에디슨이 어느 정도의 성공을 거두고 나서 철을 분리하는 광산사업을 시작했습니다. 오로지 그 사업에 몰두하면서 자신의 모든 것을 쏟아 부었지요. 그러나 그의 이러한 노력은 실패로 돌아가고 말았습니다. 그것은 미네소타 주에서 철이 대량으로 산출되는 바람에 철의 값이 폭락했기 때문입니다. 지난 8년 동안의 노력과 그 동안 모아진 재산이 한 순간에 무너지는 순간이었습니다.

그러나 에디슨은 실망하지 않았습니다. 그는 얼마 후 그 경험을 살려 인조 시멘트 사업을 시작했습니다. 그리고는 마침내 성공했지요.

에디슨은 광산사업에 실패한 후 황량해진 공장을 찾아가 이렇게 회고했다고 합니다.

"내가 여기서 일하던 5년간이 나의 일생에서 가장 즐거운 시절이었다. 다른 것을 생각할 여유가 없었고, 나는 여기서 여러 가지를 배울 수 있었다. 그것은 언젠가 누군가의 이익이 되어 나타날 것이다."

사람들은 흔히 어떠한 일을 시작하기에 앞서, 그 일이 실패로 돌아가지는 않을까 하는 조바심을 가지기 마련입니다. 우리에게는 분명히 꿈과 희망, 간절히 바라는 일이 있습니다. 그러나 그것을 이루기 위해 사업이나, 공부, 어떠한 새로운 도전을 선뜻 시작하지는 못합니다.

N. V. 필이라는 사람은 그 이유에 대해서 이렇게 말했습니다.

"사람들이 왜 실패를 두려워하는가 하면, 그 일을 달성하기까지의 고난과 난관을 미리 생각하기 때문이다. 나는 이런 실패병에 걸린 사람들에게 이렇게 말하고 싶다. 당신은 왜 가능한 면은 조금도 생각지 않고 어려운 점만 생각하는가?"

그렇습니다. 우리는 어떤 일에 코앞에 두고 이런 생각을 먼저 하게 됩니다.

"만약 이번 일에 실패하면 나는 끝이다!"

꼭 성공해 보이겠어, 나는 자신 있어 하는 긍정적인 마음보다 잘못하면 어떻게 하나라는 부정적인 생각이 앞서게 되지요.

하지만 자신(自信)을 갖는다는 것은, 인생의 적극적인 면을 포착하는 것과 같습니다. 우리의 인생에는 성공만이 존재하진 않습니다. 인생이 그렇게 수월한 일이 아니라는 것은 당신도 잘 알고 있습니다.

어쩌면 우리는 실패 없이 걸어가기만을 원하기 때문에 열등감이나 패배감의 노예가 되는 것인지도 모릅니다. 먼저 실패할 것을 각오한다면, 우리는 보다 더 적극적으로 대처할 수 있을지도 모릅니다. 내가 할 수 있을 만큼 최선을 다한 후에 실패가 닥친다면, 우리는 에디슨처럼 다음 일에서 그 실패의 경험을 토대로 새로운 성공을 이끌어 낼 수 있습니다.

특히나 젊은 시절의 실패는 곧 성공의 토대가 됩니다. 무한한 가능성이 있는 젊은이들의 실패는 흥미 있게 지켜볼 만합니다.

두 젊은이가 있습니다. 한 사람은 실패를 하고 포기하며 물러섰고, 다른 사람은 다시 일어나 새로운 일에 부딪혔습니다. 과연 이 두 젊은이 중에 누가 성공했을까요?

우리에게는 항상 두 갈래 길이 나 있습니다. 실패하고 포기하는 것과 실패하고 다시 일어서는 것. 성공은 바로 이 순간에 결정되는 것입니다.

당신은 성공하고 싶습니까? 그렇다면 실패를 두려워하지 않아야 합니다. 당신이 실패하더라도 포기하지 않고 다시 일어설 때, 성공은 그만큼 더 당신 앞에 가까이 다가오게 됩니다.

어쩌면 우리는 실패 없이 걸어가기만을 원하기 때문에 열등감이나 패배감의 노예가 되는 것인지도 모릅니다. 먼저 실패할 것을 각오한다면, 두려움은 사라질 것입니다. 용기 있는 사람만이 성공을 움켜잡을 수 있습니다.

천재가 되는 길

우리는 천재를 부러워합니다. 누구나 한 번쯤은 내가 천재라면, 하는 바람을 가져보았을 것입니다. 위인들의 천재성도 그렇거니와 주위에서 머리가 뛰어난 사람들을 봐도 부러움과 질투가 생깁니다. 왜 난 이렇게 평범하게 태어났을까? 왜 난 저 사람처럼 똑똑하지 못할까? 하지만 지금 이렇게 한숨만 쉬고 있으면 무엇이 달라지겠습니까. 우리는 어차피 천재는 아닌 것을 말입니다.

천재 음악가 중에는 슈베르트를 빼놓을 수 없습니다.

어느 날 슈베르트가 산책을 하다가 어느 카페에서 쉬게 되었습니다. 그는 카페의 선반 위에 놓여 있던 셰익스피어의 전집을 뒤적이다가 한 시에 감동을 받았습니다. 그래서 바로 그 시에서 얻은 영감으로 그 자리에서 오선을 그어 만든 곡이 유명한 <들어라 종달새>라는 곡이었답니다.

그리고 제라 콜번이라는 사람은 미국과 영국의 속셈 분야에서 가장 뛰어난 인물 중 하나로 여겨집니다. 그는 "8의 16제곱은?" 이라는 질문에 불과 몇 초 만에 대답을 했습니다. 그것은 281,474,976,710,656이라고 말입니다.

또한, 조지 파커 비더라는 사람도 천재였습니다. 정규교육을 받은 비더는 평생 동안 타고난 계산력을 유지한 수학의 천재였다고 합니다. 그는 석수장이의 아들로 태어나 6세에 100까지 셀 수 있었고, 단추나 조약돌을 가지고 놀면서 덧셈과 뺄셈, 곱셈의 원리를 스스로 익혔습니다. 그는 9세 때에 "소리가 1분에 6.4km를 여행하고 달이 지구로부터 197,209.6km 떨어져 있다고 하면 워털루 전투의 소음이 달에 전달될 때까지는 얼마나 오래 걸릴까?"라는 문제를 받았습니다. 비더는 1분도 채 되기 전에 21일 9시간 34분이라고 정확히 계산해 냈습니다.

사실 간혹 우리 주변에서도 천재가 태어나기도 합니다. 단순히 아이큐가 천재성의 척도라면 그렇겠지요. 그러나 영재라고 불리어진 아이들이 정규교육을 받으며, 혹은 성장해 가면서 그러한 천재성을 끝까지 유지해 가는 것은 보기 드문 일입니다.

머리가 좋다고 자랑을 하는 사람들을 보면 토끼와 거북이가 나오는 이솝우화가 생각납니다. 토끼는 자신의 재능을 믿고 게으름을 피웠습니다. 그러나 거북이는 애초에 빨리 뛸 재능이 없었으므로 쉬지 않았습니다. 결과는 거북이의 승리였습니다.

　머리가 좋다, 좀 나쁘다 하는 것은 따지고 보면 살아가는 데 큰 영향을 끼치진 않습니다. 머리가 좋은 사람도, 좀 나쁜 사람도 모두 자신의 노력 여하에 따라 변할 수 있기 때문이죠. 요즘엔 특히나 자신의 노력과 약간의 교육 방법으로 후천적으로 만들어지는 천재가 더 많습니다.

　뷔퐁은 이렇게 말했습니다.

　"정신이 늘 육체의 요구를 이겨 나가야 한다. 많이 참을수록 그대에게 덕이 있을 것이다. 천재라는 것은 보통 이상의 참을성을 가진 사람에 불과하다."

　🐾 영국 속담에 "천재는 인내이다(Genius is patience)."라는 말이 있습니다. 사람들이 말하는 천재는 보통 사람보다 더 참고 인내하고 노력하는 사람에 불과합니다.

나무꾼의 도끼자루

끈기를 가지기란 포기하는 것보다 천 배는 어렵습니다. 사실 포기는 매우 쉬운 일입니다. 지금 하고 있는 일에서 손을 떼면 그만입니다. 열 번 찍어 안 넘어가는 사람은 그 자리에서 돌아서면 그만입니다. 담배를 끊지 못하겠으면 계속 피우면 됩니다. 게으름이 안 고쳐진다면 지금껏 하던 대로 늘상 나태하게 지내면 됩니다. 포기는 스스로를 조금만 속이면 너무나 쉽게 이루어지는 것입니다.

우리가 쉽게 쓰는 '자포자기(自暴自棄)'라는 말은 맹자가 한 말입니다. 이 한자 성어를 직역하니, 자기 몸을 스스로 망쳐서 버린다는 뜻이 있군요. 우리가 생활에서 쉽게 접하는 그 '포기'란 녀석이 알고 보니, 스스로를 망치는 일이었습니다. 다른 사람이 아닌 바로 내 자신이 말입니다.

우리 속담에는 이런 말도 있습니다.

"눈썹만 뽑아도 똥 나오겠다."

작은 괴로움도 능히 이겨내지 못하고 쩔쩔매는 사람을 두고 하는 말입니다. 참는다는 것은 인내를 뜻하고, 인내는 곧 성공으로 이어지는 초석이 됩니다. 그러나 당신은 지금 혹시 눈썹 하나만 뽑아도 견디지 못하고 소리를 지르고 있지는 않나요? 그리고는 이렇게 말하기가 일쑤입니다.

"난 못해! 안 할래!"

한 나무꾼이 있습니다. 그는 도끼 하나로 수많은 거목들을 쓰러뜨립니다. 그에게는 단 한 자루의 도끼만이 있을 뿐입니다. 그래서 그 도끼를 아끼고, 소중히 보관합니다. 왜냐하면 도끼가 그의 유일한 생존 수단이기 때문입니다. 도끼가 없으면 그는 나무를 베지도 못하고 생활하지도 못합니다. 장작을 패서 팔거나 나무가 필요한 사람들에게 가져다주지도 못할 테니 말입니다.

어느 날 나무를 하던 그는 그만 도끼날을 잃어버렸습니다. 열심히 도끼질을 하다가 자루와 날이 이어진 부분이 약해진 탓에 빠져버린 모양이었습니다. 그는 빈 도끼자루만 들고 허망하게 나무들을 바라보기만 했습니다. 그에게 주어진 단 하나의 도끼는 이제 무용지물이 되어 버린 것입니다.

하지만 그는 빈 도끼자루를 팽개쳐 버리지 않았습니다. 자루를 다시 다듬고 조이며, 잃어버린 도끼날을 찾으러 돌아다녔습니다. 그러나 아무리 산을 뒤져도 도끼날은 보이지 않았습니다. 지친 그는 더 이상 나무꾼 노릇을 하지 못하겠다는 생각이 들었습니다. 도끼자루만으로는 나무를 벨 수 없기 때문입니다. 그래서 그는 강에 자루를 버렸습니다. 그리고 허탈하게 집으로 돌아왔는데, 그렇게 찾던 도끼날이 마당의 장작더미 속에 있음을 발견했습니다. 그는 기쁨에 넘쳐 도끼날을 집어 들었지만, 이제는 도끼자루가 없었습니다. 강으로 뛰어갔지만 도끼자루는 찾을 수가 없었습니다.

도끼날이 없어졌다고 도끼자루를 버리는 것은 무모한 짓입니다. 왜냐하면 그 도끼날은 그 도끼자루만이 지탱할 수 있도록 고안되었기 때문입니다. 다른 것으로는 대체할 수가 없습니다.

당신이 마지막 끈을 놓지 않고 있다면 언젠가는 다시 그 끈을 잡아당길 수 있는 여지를 남겨 놓는 것입니다. 그러나 그 끈마저 버린다면 당신은 지금까지 해온 모든 것을 강물 속에 던져 버리고 마는 것입니다.

무엇을 포기한다는 것은 유일하게 당신을 살아가게 만드는 수단을 던져 버리는 것과 같습니다. 당신이 포기한 바로 그 다음 날, 당신이 소망했던 모든 일이 이루어질 수도 있는데도 말입니다.

인내의 힘

영국의 해군장교 제임스 홀맨은 스물네 살 때 양쪽 눈을 모두 실명하였습니다. 그러나 그는 역사상 가장 바쁜 장님이 되었습니다. 그는 40년 동안에 프랑스, 이탈리아, 독일, 스위스, 네덜란드, 오스트리아, 러시아, 시베리아 등을 여행하고, 다시 배를 타고 세계 일주를 시작하여 아프리카, 브라질, 성지 팔레스티나와 지중해의 여러 나라를 혼자서 돌아다녔습니다. 그는 몇 편의 우수한 여행기를 이 세상에 선보였습니다. 고난을 극복한 인간의 참을성과 도전정신, 강한 정신력을 자신의 저서를 통해 후세에 남겼습니다.

그리고 중국의 선원 푼 림은 133일 동안을 뗏목 위에서 혼자 지냈습니다. 그가 탄 배는 1943년 제2차 세계대전 중에 혼자 남아프리카에서 어뢰에 맞아 난파하였습니다. 그는 혼자서 뗏목을 차고 대서양을 횡단하여 브라질의 베림 근방에서 표류하다가 어선에게 구조되었습니다. 푼 림은 그때까지 인간이 구명정이나 뗏목 위에서 죽음과 싸우면서 살아난 어떤 전례보다도 7일이나 오래 살았습니다. 혼자서 133일을 뗏목 위에서 살아남다니, 당신은 상상할 수 있습니까?

또한, 프랑스의 정치가 라발 수상은 조심성과 교활한 성질, 그리고 대단한 정치적 센스 이외에도 남다른 기질이 있었습니다. 그것은 다른 사람과 비교할 수 없을 정도의 끈덕진 집착성과 강인성이었습니다. 라발이 연설을 하고 있는 어떤 정치적 모임에서 한 사람이 외쳤습니다.

"트네 봉! 끈기 있게 견뎌라!"

그러자 라발 수상은 침착하게 이렇게 말했습니다.

"나는 언제나 견디고 있다."

라발이 어떤 정치가인지는 모르겠습니다. 그가 훌륭한 정치가인지, 좋은 정치를 했는지는 지금 별로 관심이 없습니다. 그러나 그의 말은 지금 우리에게 힘이 됩니다.

"나는 언제나 견디고 있다."

제임스 홀맨도, 중국 선원 푼 림도 그 오랜 세월을 견뎌내면서 이를 악물었을 것입니다. 참아 낸다는 것, 죽음의 고비에서나 눈이 보이지 않는 부자유에서 그들은 자유로워지기 위해 자신에게 하루에도 수백 번씩 이렇게 되뇌었습니다.

"조금만 참자. 조금만 참자. 조금만 참자. 조금만 더, 더, 더."

126

그리고 그들은 마침내 살아남았고 자유를 찾았습니다.

인내라는 것은 참을 수 없는 것을 참는 것을 말합니다. 우리는 종종 쉽게 견딜 수 있는 것을 참아 놓고 그것을 인내라고 말합니다. 극한의 상황조차 이겨 낼 수 있는 참다운 인내를 실천할 수 있을 때, 우리 자신이 바라는 것을 이룰 수 있게 될 것입니다.

🐌 인내와 노력이 어떠한 것인지를 알려면 걸음마를 배우는 어린아이를 지켜보세요. 자꾸 넘어져도 어린아이는 계속 일어서서 조금씩 걷는 자세를 고쳐 나갑니다. 그리고 결국에는 쓰러지지 않고 걷게 됩니다.

간디의 샤타그라하 행진

간디는 인도의 민족운동 지도자이자 건국의 아버지입니다. 인도인들은 그를 '마하트마(위대한 혼)'라고 부릅니다.

영국으로 유학하여 변호사 자격을 얻어 귀국한 그는 어느 회사의 고문 변호사가 되어 남아프리카로 건너갔습니다. 그곳에서 인도인에 대한 차별대우에 항의하면서 비(非) 폭력주의에 입각한 불살생(아힘사, Ahimsa)을 기본 사상으로 하는 이른바 간디주의를 제창했습니다. 특히 1913년에 나탈 주에서 트란스발 주로 향하였던 '샤타그라하(Satyagraha) 행진'이 전 세계적인 반향을 불러 일으켰습니다.

여기서 샤타그라하라는 '올바른 노력'을 뜻하는 인도어입니다. 이것은 간디가 만들어 낸 말로서 문자만의 뜻 외에 '진리의 힘' 또는 '정신적인 힘'이라고 번역되기도 합니다. 나중에는 '비협력', '피동적인 저항' 그리고 '국민의 불복종'이라는 말로도 사용되었습니다.

간디는 남아프리카에서 인도로 돌아와 1년 동안 자기 고향땅의 냄새를 맡으며 각지를 여행하였습니다. 그는 여행 기간 동안 인도의 여러 가지 문제를 면밀히 살펴보고는 아마다바드 근처에 샤타그라하 초암(草庵 : 풀 따위로 지붕을 인 암자)을 세웠습니다. 그의 유명한 샤타그라하 행진은 여기에서 비롯된 것입니다.

간디가 말한 샤타그라하, 즉 올바른 노력이란 무엇일까요. 비폭력주의로 대영제국을 인도에서 몰아낸 그의 사상에 비춰 본다면, 가장 기본적인 것을 뜻하는 것일 겁니다. 올바른 뜻을 세웠으면 그 노력 또한 정당한 방법으로 쟁취하겠다는 그의 의지는 기어이 인도의 독립을 가져 왔습니다. 인도 전반을 지배하는 종교적이고 철학적인 분위기 때문이 아니더라도, 우리는 간디가 추구한 사상에 경외감을 가지게 됩니다.

노력은 인내의 다른 이름입니다. 인내하는 사람은 노력하는 사람임에 틀림없습니다. 노력이 없는 인내는 그저 견디는 것일 뿐 발전이 있을 리 만무합니다. 아니, 그것은 인내라고 불릴 자격조차 없는지도 모릅니다.

시인 브라우닝은 노력에 대해 다음과 같이 말했습니다.

"위대한 사람은 단번에 그와 같이 높은 곳에 뛰어 오른 것이 아니다. 사람들이 밤에 단잠을 잘 적에 그는 일어나서 괴로움을 이기고 일에 몰두했던 것이다. 인생은 자고 쉬는 데 있는 것이 아니라 한 걸음 한 걸음 걸어 나가는 속에 있다."

비록 재주가 뛰어 나지 않더라도 꾸준히 노력하는 사람에게는 반드시 그 대가가 돌아옵니다. 하지만 많은 사람들은 그가 원하는 것을 얻기 위해 용기 있게 행동하고, 꾸준히 인내하는 것보다는 그저 실패할 걱정부터 하고 있는 경우가 많습니다. 그리고는 세상을 원망하기만 합니다.

이제부터 자신이 원하는 목표를 향하여 대담하게 행동하세요. 행동하지 않고 실패를 두려워하는 것보다 과감히 행동하고 그것을 위해 올바르게 노력하는 것, 바로 그것이 샤타그라하 정신입니다.

   발을 뻗어 걷지 않는 이상, 우리는 단 1미터도 앞으로 갈 수 없습니다. 소원과 목적은 있지만 이에 필요한 노력이 따르지 않는다면 아무리 주어진 환경이 좋아도 소용없는 일입니다. 이런 사람은 감나무 밑에 앉아서 감이 입 속으로 굴러 들어오기를 기다리는 것과 같습니다.

끈기는 희망을 낳는다

"고개에 오르려고 하다가 꼭대기에 이르지 못했다 하더라도 얼마나 칭찬할 만한 일인가. 중도에서 넘어진다 해도 커다란 일로 애쓰는 사람들을 존경하라. 자기의 현재의 힘으로서가 아니라 자기 본성의 힘을 되돌아보고 애쓰면서 고매한 일을 시험해 본다거나 또 초인적인 정신의 소유자로서도 해치울 수 없는 일보다도 더 커다란 일을 자기의 마음에 그려본다는 것은 대단히 중요한 일이다."

이것은 L.A. 세네카가 한 말입니다.

인생이란 문제는 너무나 어마어마합니다. 당신이 현재 느끼고 있는 이상으로 더욱 더 큰 어려움을 안고 가야 할지 모릅니다. 당신의 이상(理想)은 높습니다. 그러나 실제로 그 꼭대기에 이르기 위해서 당신이 할 수 있는 노력은 한계가 있는지도 모릅니다.

어쩌면 그 정상은 얼음산으로 되어 있어 아무리 오르려고 해도 미끄러지고, 계속해서 헛발을 디딜 수도 있습니다. 그러나 그럼에도 불구하고 인생은 피할 수 없는 자신의 문제일 수밖에 없습니다. 이것을 인정할 수 있는 용기만 있다면, 이제 남은 것은 어렴풋한 감상에 휘말리지 않고 오로지 성공을 위해 앞을 향해 전진하는 일뿐입니다.

젊은 시절의 방황은 때로는 아름답습니다. 그것은 고귀한 방황이며, 당신의 미래를 더욱 값지게 만들어줄 비료가 될 수도 있습니다. 당신이 공허함을 느낀다면 그것을 최대한 가슴에 품으세요.

단 여기서 우리가 주의해야 할 것은, 방황만 하거나 공허함만 느끼며 세월을 보낼 수는 없다는 것입니다. 맘껏 방황하고 맘껏 공허해도 좋지만 당신은 돌아서서 얼음산을 올라가야 합니다. 그것이 당신 앞에 닥친 과제이며 헤쳐 나가야 할 고난입니다.

그러기 위해서는 너무 먼 꼭대기만을 바라보지 마세요. 우선 가장 가까이 할 수 있는 손쉬운 일부터 전심전력을 다해야 할 것입니다. 그것이 당신을 정상에 올려놓는 가장 확실한 방법입니다. 첫 계단부터 착실하게 밟아 가는 것이지요.

그러다가 당신은 분명히 넘어질 것입니다. 당신이 단 한 번의 좌절도 없이 성공을 한다면 세상 사람들은 운이 좋다고 여길 것입니다. 단지 당신의 환경이 좋아서, 머리가 좋아서, 부모를 잘 만났으니까, 특별한 존재니까 하는 식으로 말입니다.

그러나 당신이 좌절을 통해 딛고 일어났다면 당신의 성공은 바로 세상의 귀감이 되며 칭송이 하늘을 찌를 것입니다. 사실 우리는 남에게 칭찬받으려고 노력하는 것이 아닙니다. 당신의 노력은 바로 자신을 귀하게 만드는 최선의 방법입니다. 그것은 자신을 사랑하는 자기애(自己愛)에서 시작합니다.

이 세상을 살면서 누구나 몇 번씩 넘어진다는 것을 잊지 마세요. 하지만 중간에 좌절하지 않고 강한 끈기를 보이며 다시 일어나는 것은 당신이어야 합니다. 그것은 바로 자신을 사랑하는 마음에서 출발합니다.

고통은 인내를 낳습니다. 고통이 없이는 우리는 인내라는 값진 경험을 할 수 없습니다. 그것이 인생입니다. 고통은 인내를 낳고, 인내는 시련을 이겨내는 끈기를 낳고, 그러한 끈기는 희망을 낳는다는 것을 우리는 알고 있습니다.

NO라고 말할 수 있는 용기

현대에는 'YES맨' 투성이라고 합니다. 회사에서는 상사가 시키는 일에 무조건 '예'라고 대답합니다. 그것이 옳은 일인지, 그른 일인지는 중요하지 않습니다. 오로지 이 어려운 시대에 회사에서 살아남기 위해서, 상사에게 잘 보이기 위하여 "YES!"라고 말합니다.

학교에서 학생들은 선생님들에게 "네."라고 대답합니다. 분명히 속에서 울컥하며 틀렸다는 것을 뻔히 아는 상황에서도 그냥 고개를 숙이고 고개를 끄덕이고 맙니다. 부모님의 말씀에도, 힘센 친구의 압력에도 굴복합니다. 옳지 않은 일에 "YES."라고 말하는 우리들은 자신마저 정당화시키려고 애를 쓰고 있는 건지도 모르겠습니다.

그런데 곤란한 것은 언제나 YES에 있는 것이 아니고, 'NO'에 있습니다. YES는 쉬운 것이며 누구나 말할 수 있는 것입니다. 그러나 NO는 언제나 많은 난관을 가져오기 일쑤입니다. 그것은

YES는 언제나 주어진 일에 양(量)을 더하는 것뿐이지만, NO는 질적인 비약을 가져오는 놀라운 힘과 판단이기 때문입니다.

물론 이것은 사사건건 반항을 하듯이 내뱉는 NO와는 차원이 다릅니다. 자신의 판단에 옳다고 생각하는 "NO!"는 바로 당신의 용기를 증명하는 일이기도 합니다. 그리고 당신이 말한 그 부정의 대답에 많은 사람들은 의아해 할 것이고, 뿐만 아니라 당신이 그 이후 보이는 노력과 인내에 대해서 비웃음을 보낼지도 모릅니다. 그런 시선 속에서 당신은 소외당하고, 손가락질 당하고, 혼자 남겨지게 될 수도 있습니다. 그러나 그런 모습은 당신의 인내의 길이에 따라 인정을 받을 수도 있고, 그럼 그렇지 하는 조소를 받을 수도 있습니다.

그러나 중요한 건 조소를 받을지언정, 당신 자신은 스스로를 자랑스럽게 여길 것입니다. 왜냐하면 당신은 올바른 "NO."를 말할 수 있었던 용감한 사람이었기 때문입니다.

그리고 만약 어느 순간 당신이 옳다고 믿어서 말했던 NO가 어느 순간 틀렸음을 인정해야 할 때가 온다면, 그 때는 자신의 잘못을 시인할 수 있어야 합니다. 그것은 NO라고 말했던 것보다 더 큰 용기가 필요합니다. 그러나 그 순간에 당신은 누구보다 당당한 사람이 될 것입니다. 당당한 모습은 당신에게 빛을 더하여 줄 것이 틀림없습니다.

노력하는 사람만큼 아름다운 사람이 없습니다. 자신감에 넘치는 것도, 훌륭한 실력을 보이는 것도 중요합니다. 그러나 정작 눈길이 가는 사람은 땀 흘려 일하는 당신의 치열한 눈빛이며, 피곤에 절었지만 꿋꿋한 당신의 환한 미소입니다.

"참고 견디는 힘이 없는 사람은 결코 뛰어난 명성을 얻을 수 없다."고 간디는 말했습니다. 인내는 폭력보다 강합니다. 그것을 보여준 사람이 간디라는 것을 우리는 잘 알고 있습니다.

프랑스의 세균학자 파스퇴르는 근대 세균학을 개척한 위대한 과학자입니다. 이러한 위대한 학자가 천재적인 두뇌를 가졌을 거라고 생각되지만, 실상 그의 학창 시절의 성적은 별로 우수한 편이 못되었습니다. 다만 소년 시절부터 이 세상에서 가장 즐거운 것은 '일하는 것'이라고 말하며 늘 꾸준한 인내로써 연구와 노력에 정진했던 것입니다.

늘 당당함을 가져야 합니다. 그리고 부단한 인내심을 보여줘야 합니다. 그것을 못하겠다면 당신은 평생 YSE맨으로 살아야 할지도 모릅니다.

> ✑ 'YES'는 언제나 주어진 일에 양(量)을 더하는 것뿐이지만, 당신의 판단에 옳다고 생각하는 'NO'는 질적인 비약을 가져오는 놀라운 힘과 용기입니다. 우리 인생에는 당당하게 "NO!"라고 말할 수 있는 용기가 필요합니다.

네루의 옥중 편지

한 아버지가 있었습니다. 그는 국가의 독립을 위해 투쟁하다가 아홉 번이나 감옥에 갇혔던 사람입니다.

그가 여섯 번째 감옥에 갇혔을 때 그의 어린 딸은 13살이었습니다. 그 당시에는 딸의 할아버지와 어머니조차 감옥에 끌려가 딸은 홀로 남을 수밖에 없었습니다. 아버지는 딸에게 교육을 시킬 수 없게 되자, 2년 동안의 투옥 기간 내내 딸에게 편지를 쓰기 시작했습니다. 그런 아버지의 편지는 13세 딸에게 강인한 정신력과 위대한 민족정신을 심어주었고, 올바른 세계관을 갖게 해주었습니다. 그 아버지는 바로 인도의 첫 수상 네루였고, 그의 딸은 후에 인도의 위대한 여성 정치가로 등장하게 되는 인디라 간디였습니다.

이 편지들은 네루의 『세계사 편력』이라는 제목으로 출간되었습니다. 딸에게 보낸 편지였지만, 그 안에는 세계사에 대한 깊은 통찰과 역사의식, 위대한 그의 사상이 담겨져 있습니다. 그 어떤 참고 서적도 구하기 힘들었던 옥중에서 쓴 것이라는 사실도 놀랍지만 그것보다 가슴에 와 닿았던 것은 바로 13살 어린 딸에 대한 아버지의 애정이 넘쳐났다는 것입니다.

네루는 딸에게 보내는 첫 편지에서 다음과 같이 말합니다.

"우리는 또한 옳고 그름을 생각해 보려고 하지도 않고, 눈앞에 있는 커다란 과업에 협력하지 않는 사람들의 마음속에 팍 들어가 그 때를 씻어 버리는데 최선을 다해야 한다. 또한 나는 무엇이 옳고 그른가를 분별하는 가장 좋은 방법은 설교에 있지 않고 의견 교환에 있다고 생각한다."

그리고 그는 마지막 편지의 마침표를 찍을 때까지 종교시대와 로마제국의 변천을 시작으로 독일에서 나치의 승리, 의회 정치의 실패에 이른 근대까지의 세계 역사를 놀라우리만치 세밀하게 딸에게 전해 주었습니다.

"나는 네게 얼마나 많은 국사 잉크와 종이를 사용해 그 산더미같이 긴 편지를 썼었느냐. 그만한 가치가 있는 것을 쓰기나 했는지 모르겠다. 그렇게 많은 종이에 담은 내용들이 네 마음을 풍요롭게 해주었는지 궁금하구나. 물론 마음이 고운 너니, '좋았어요, 아버지' 하면서 나를 즐겁게 해주겠지. 어쨌든 2년이란 긴 세월을 하루도 거르지 않고 써 온 편지를 이제 끝마칠 수 있다는 것에 너와 나는 기뻐해야겠지. 내가 여기 온 것은 겨울이었다. 그런데 그 겨울이 두 번 지나가고 봄이 찾아 왔다. 나의 옥중 생활이 내 생애에서 가장 보람 있었다고 할 수는 없지만, 독서와 집필이 그 지루한 세월을 견디어 나가는 데 큰 힘이 된 것만은 사실이다. 나는 문인도 역사가도 아니다. 그러면 나는 어떤 인간일까? 이 물음에 대답하기에는 정말 난처하다.

나는 기껏 역사의 윤곽만을 네게 보여준 것이다. 이것은 역사가 아니다. 우리의 오랜 과거를 여기저기 급히 돌아 본 것에 지나지 않는다. 만일 네가 역사를 알고 싶다면 네 스스로 과거 시대를 알아보는 데 도움이 되는 책을 얼마든지 구할 수 있을 것이다. 그러나 단지 내용만을 읽어서는 안 된다. 역사를 바로 알려면 감정을 갖고 봐야 제대로 알 수 있다. 네가 역사를 애정어린 눈으로 바라본다면 그 무의미한 골격은 갑자기 살과 피를 갖고 있는 살아 있는 역사가 될 것이다."

아버지의 사상과 정신력을 그대로 이어 받은 딸은 1966년 인도의 수상이 되었습니다.

📖 투철한 역사의식으로 감옥에서도 의로움과 희망을 잃지 않았던 네루의 용기를 기억하세요. 무엇이 옳고 그른가를 분별하는 가장 좋은 방법은 서로의 의견 교환에 있다는 말도 잊지 맙시다.

구더기 무서워 장 못 담그랴

말테라는 이름 없는 젊은 시인이 있었습니다. 그는 파리에 살면서 도시생활의 불안감, 고향에서의 어린 시절의 추억, 독서에서 얻은 정신적 체험 등을 수기로 썼습니다. 말테는 도시생활에서 깊은 절망에 빠집니다. 그러한 말테가 어떤 불안을 느꼈는지 한번 볼까요.

"담요 자락에 비죽이 비어져 나온 조그마한 실밥이 혹 강철 바늘과 같은 단단하고 날카로운 위험한 것이 아닐까 하는 불안한 심정, 잠옷에 달린 이 조그마한 단추가 혹 나의 머리보다도 크고 무거운 것은 아닐까 생각하는 불안한 심정, 그리고 나는 지금 나의 침대에서 떨어져지는 빵 조각이 유리처럼 밑에 떨어져서 산산조각이 나지나 않을까 하고 생각해 보기도 한다.

그러면 모든 것이 그 모양으로 부서져서 다시는 어쩔 수가 없게 되어 버릴 것 같은 알지 못할 근심 걱정이 가슴을 치밀고 올라오는 것이다. 찢어 버린 편지의 한 조각이 누가 보아서는 안 될 비밀문서나 되는 듯이 방 어느 구석에 감추어도 안심할 수 없을 것 같은 불안한 심정이 되기도 하는 것이다.

만일 잠이 들었다가는 난로 앞에 놓인 석탄 덩어리를 나도 모르게 삼켜 버리지나 않을까 하는 불안이 생기기도 한다. 머리 속에서 어떤 숫자가 점점 커지기 시작하더니 마침내 내 머리 속에 들어앉을 자리가 없이 될 것 같은 불안, 내가 누워 있는 화강암이 회색으로 돌변하지 않을까 하는 불안, 그리고 내가 느닷없이 소리를 지르게 될 것 같고, 그러면 사람들이 내 방 문 앞에 모여 들어 문을 부수고 우르르 밀려들지나 않을까 하는 불안도 있다. 나도 모르게 말해서는 안 될 것까지도 모조리 이야기해 버린 것 같고, 그런가 하면 아무리 이야기를 하고 싶어도 어떻게 말하면 좋을지를 몰라서 한 마디 말도 못할지 모른다는 불안한 심정이 되기도 하는 것이다. 그 밖의 여러 가지 불안한 심정들, 걱정 근심들……."

어쩌면 이 글을 읽는 당신은 '말테라는 이 남자, 정신병자 아니야?' 라고 생각할지도 모릅니다. 이불의 실밥이 강철처럼 날카롭지 않을까, 또는 빵 조각이 떨어져 유리조각처럼 부서지지 않을까 걱정하는 이 '말테' 라는 사람의 심리는 분명히 정상이 아닙니다. 그러나 가만히 생각해 보면, 우리는 사실 별 큰 문제도 아닌 것을 실제보다 훨씬 더 심각하게 받아들이고 있는지도 모릅니다.

어떤 의심 많은 노인이 있었습니다. 그 노인은 자동차 사고가 나는 것이 무서워 차도 타지 않고, 기차를 타면 전복될까 두려워 기차도 타지 않았습니다. 길을 걷다가 위에서 돌덩이가 떨어질 것이 무서워서 늘 위를 쳐다보며 걸었고, 식당 음식을 잘못 먹고 식중독에 걸릴까봐 밖에 나가서는 밥도 먹지 않았다고 하더군요. 급기야는 집안에만 틀어박혀 앉아 세상과는 담을 쌓고 지낼 수밖에 없었습니다. 우리는 이러한 쓸데없는 걱정, 불안감 등을 '기우(杞憂)'라고 하지요.

위에서 나온 '말테'라는 젊은 시인은 실제 인물이 아닙니다. 릴케라는 유명한 시인의 산문집, 『말테의 수기』의 주인공입니다. 릴케는 이 작품을 통해서 인간의 죽음과 사랑이 현대 문명 속에서 가치 없는 것으로 전락해 버린 것을 개탄하고 있습니다.

우리는 말테를 통해 현실 속에서 우리의 모습을 재발견할 수 있습니다. 분명히 우리는 많은 불안과 걱정에 싸여 있습니다. 그러나 정작 그 무수히 많은 불안 속에서, 쓸데없는 걱정을 추가시켜 혼자 가슴앓이를 하고 있는 것은 아닌지 진지하게 생각해 봐야 하지 않을까요?

🐚📖 우리를 불안하게 하는 수많은 걱정 중 단 4%만이 우리가 해결할 수 있는 걱정이라고 합니다. 나머지는 쓸데없는 기우이거나, 우리가 걱정해도 어쩔 수 없는 것들입니다. 그러니 자신을 믿고 용기와 희망을 버리지 않는 자세가 더 소중합니다.

카네기의 조언

"당신이 지금 근심하는 일들이 무엇입니까? 다시 한 번 잘 생각해 보십시오. 누가 나를 원망하고 있을지도 모른다, 또는 무슨 일이 실패할지도 모른다, 혹은 도둑이 들어올지도 모른다, 하는 걱정이라면 지금 당장 떨쳐 버리십시오!

현재 아직 나타나지 않은 불확실한 일에 대해서 미리 걱정할 필요는 없습니다. 불행의 가능성을 미리 생각하고 걱정한다고 해서 좋게 해결되지는 않습니다. 아니 오히려 일을 더 망칠 수도 있습니다. 그것은 다만 심신을 소모하고, 오늘 할 확실한 일에 대해 지장만 줄 뿐입니다.

사람이 공상이나 또는 불확실한 일에 대한 걱정을 떨어버린다면, 현실적으로 걱정될 만한 일은 그다지 많은 것이 아닙니다. 걱정의 99%는 오늘의 일이라기보다는 내일의 일이거나 일어나지 않은 미래의 일들임을 알 수 있습니다.

그리고 이미 저질러진 불행에 대해서 자꾸 근심하는 것도 졸렬한 노릇입니다. 엎질러진 물은 그릇에 다시 담을 수는 없습니다. 걱정하고 괴로워한다고 전과 같이 될 수는 없는 일입니다. 소용없는 걱정으로부터 자기를 해방시키십시오. 그것이 마음의 평화를 얻는 가장 가까운 길입니다.

근심을 잊지 못하는 습성에서 벗어나시기 바랍니다. 또 어떠한 손실을 입었을 때 반드시 그만큼 다시 회복하려고 애쓰지 마십시오. 도박꾼이 많은 돈을 따려다가 남의 돈을 빌리고, 계속 잃을 때 그 돈을 다시 회수하기 위해 장시간 도박판에 앉아 있다 더 큰 손해를 보듯이, 점점 회복하기 어려운 구덩이로 빠지게 될 뿐입니다."

지금까지 카네기의 조언을 들어보았습니다.

사실 어떤 문제에 대해서 유명한 사람의 조언은 비슷비슷한 유형을 가지고 있습니다. 유명한 사람이라는 것은 성공한 사람들입니다. 우리는 그들이 어떤 인생을 살아 왔는지 속속들이 알지 못합니다. 그들의 명성 때문에 우리는 위인들의 전기를 읽고 그들의 사상을 배우고, 그들의 노력에서 귀감을 얻으려고 합니다.

하지만 이 속에서 우리가 생각해야 할 점은, 그들도 우리와 똑같은 인간이라는 것입니다. 그들에게도 어린 시절이 있었고, 걱정과 근심이 있었고, 사랑에 아파했을 것이고, 원하는 것을 이루지 못할 때도 분명히 있었겠지요. 삶의 선배로서 그들이 우리에게 조언하는 것은 그냥 입에서 나오는 대로 아무렇게나 쉽게 한 말은 아닐 것입니다.

사람의 경험이란 참으로 위대한 것입니다. 경험에서 우러나오는 사상이야말로 진실된 것일 수 있습니다. 바로 이 점 때문에 우리는 위인들의 조언에 귀를 기울이는 것입니다.

영국이 인도와도 바꾸지 않겠다고 한 셰익스피어의 조언도 잠시 들어볼까요?

"사람은 마음이 즐거우면 종일 걸어도 싫증이 나지 않지만, 마음속에 근심이 있으면 불과 십리를 걸어도 싫증이 난다. 인생의 행로도 이와 마찬가지다. 늘 명랑하게 유쾌한 마음으로 그대의 인생을 걸어라."

이런 생각이 듭니다. "모든 일은 마음먹기에 달렸다."라는 우리의 속담을 셰익스피어가 도용한 것은 아닌가 하는 생각 말입니다. 동서고금을 막론하고 인간은 모두 비슷한가 봅니다. 고대 그리스 사상과 중국의 사상과 우리 조상들의 사상이 말하는 진리는 언제나 같은 맥락에서 흐르고 있으니까요.

🌿 불안에서 벗어날 방법은 무엇일까요? 먼저 당신의 마음을 다잡는 것이 필수입니다. 불안과 걱정에서 떨치고 일어나, 발로 가볍게 툭 차 버리고 홀가분하게 나아가는 것입니다. 조금만 마음을 달리 먹는다면, 당신은 충분히 자유롭습니다.

성공의 법칙

우리가 생활 속에서 불안을 느끼는 주요 원인 중 하나는, 나 혼자 게으른 것은 아닐까 혹은 나 혼자만 놀고 있는 것은 아닐까 하는 생각이 들 때입니다. 자신이 쉬고 있을 때 경쟁자가 일하고, 공부할 것을 생각하면 자다가도 벌떡 일어나게 됩니다. 그럴 때면 마음속의 조바심은 더욱 거세집니다.

몸은 피곤하고 머리는 혼미한 상태임에도 불구하고 우리는 어딘가에서 열심히 노력하고 있을 누군가를 상상하며 자꾸 우리의 몸과 마음을 혹사시키게 됩니다. 중요한 시기일수록 매순간이 아까운 것은 사실입니다. 조금이라도 더 노력하지 않으면 바로 경쟁에서 뒤처질 것 같은 불안감에 휩싸여 우리는 몸이 요구하는 휴식을 내팽개쳐 버리는 경우가 허다합니다.

물론 그전에 앞서 게으름과 나태라는 병이 나타나기도 합니다. 물론 이것은 자신의 마음을 다잡아 물리쳐야 하는 나쁜 습성입니다. 그러나 우리 주변엔 과도하게 자신을 내모는 사람 또한 종

146

종 보입니다. 또 본인이 원하지 않아도 부모님이나 주위의 기대 때문에 억지로 자신을 혹사하는 사람도 많지요.

아인슈타인의 제자들도 스승을 보며 그러한 생각을 가졌나 봅니다. 아인슈타인의 끊이지 않는 학문에의 열정과 그 성과에 감탄을 했겠지요. 어느 날 제자들이 아인슈타인에게 질문을 했습니다.

"선생님의 그 많은 학문적 성과는 어디에서 나왔나요?"

아인슈타인은 손가락에 물 한 방울을 떨어뜨렸습니다.

"나의 학문을 바다에 비한다면 이 한 방울의 물에 지나지 않는다."

제자들은 또 다른 질문을 했습니다.

"그러면 선생님은 어떻게 학문에서 성공을 거두셨습니까?"

그러자 아인슈타인은 'S = X + Y + Z'이라고 쓰고는 이렇게 설명했습니다.

"S는 성공이다. X는 말을 많이 하지 말라는 것이다. Y는 생활을 즐길 것, Z는 한가한 시간을 가지라는 뜻이다. 이것이 성공의 비결이다."

자, 아인슈타인이 말한 성공의 법칙은 무슨 뜻일까요?

첫째, 말을 많이 하면 실수가 많아지는 법입니다. 실수가 많으면 그만큼 그것을 복구하는데 많은 시간과 노력이 낭비됩니다.

그래서 옛 선인들은 쓸데없는 말을 많이 하지 말 것을 강조하곤 했습니다.

둘째, 생활을 즐기지 못하면 노력한 만큼의 결실을 기대하기 힘듭니다. 사람의 뇌는 충분한 휴식과 함께 다양한 취미생활을 겸해줘야 합니다. 그래야 가장 효과적인 활동을 기대할 수 있습니다.

셋째, 한가한 시간이 없으면 자신을 돌아보며 정리할 시간이 없어지게 됩니다. 그것은 다소 감정적이었던 자신의 사고를 이성적인 사고로 재정리하고 다잡는 시간적 여유를 갖지 못하게 된다는 얘기겠죠.

아인슈타인의 성공의 비결은 천재가 내비치는 여유일 수도 있습니다. 그러나 중요한 것은 충분한 휴식과 여유가 없이, 불안함과 조바심만 가지고서는 작은 성공도 이룰 수 없다는 것입니다.

    🐂 소의 고삐를 너무 바짝 조이면, 그 소는 밭을 제대로 갈 수 없습니다. 바쁜 와중에서도 잠시의 여유를 즐길 수 있는 사람만이 더 큰 도약을 할 수 있습니다. 인생의 줄다리기는 여유를 가지지 않으면 지게 됩니다.

박지원의 깨달음

연암 박지원의 저서 『열하일기』에는 그가 요동강을 아홉 번 건너면서 느꼈던 깨달음에 관한 이야기가 나옵니다.

그 넓은 대하(大河)는 시뻘건 물결이 산같이 일어나서 마주 보이는 언덕이 보이지 않을 정도였습니다. 마침 천리 밖 상류 지방에 폭우가 쏟아져서 하류인 그 강의 흐름은 거대했습니다.

물을 건널 때 사람들은 모두 머리를 젖히고 하늘을 우러러보았습니다. 박지원은 그들이 모두 하늘을 향해 묵도를 올리고 있는가 보다 생각했습니다. 그러나 나중에 알고 보니, 그것은 물을 건너는 사람들이 거대한 물의 흐름이 무서워 물을 보지 않으려 한 것이었습니다. 그들은 소용돌이치는 물과 거세게 흐르는 물줄기를 보면서 현기증이 일어 물에 빠질 것이라고 생각했던 것이지요.

그 강의 위험이 그렇게 컸는데도 불구하고 강물 소리는 들리지 않았습니다. 사람들은 모두들 "요동의 들판이 평평하고 넓기 때문에 강물 소리가 들리지 않는다."고 했습니다.

그러나 이것은 그들의 착각이었습니다.

어느 날 박지원은 밤에 강을 건너야 했습니다. 그러자 함께 강을 건너던 많은 사람들은 거대한 강물 소리에 벌벌 떨기 시작했습니다. 낮에는 들리지 않던 강물 소리가 밤에는 왜 그리 크게 울리는지 사람들은 낮의 거대한 물결에서 느꼈던 두려움과 다른 새로운 두려움에 떨 수밖에 없었습니다.

그 사람들을 보며 박지원은 도(道)를 깨달았습니다.

"사람의 두려움은 눈과 귀에서 오는 것이구나. 눈으로 보고, 귀로 듣는 것이 자세하면 할수록 사람들은 병이 깊어지는구나. 마음을 그윽하게 갖는다면 이목(耳目)이 피해를 주지 않겠구나."

하루는 박지원의 수레를 끌던 마부가 다쳤습니다. 그래서 그는 마부를 뒤에 태우고, 말 위에 다리를 오므리고 앉아 강을 건너갔습니다. 말에서 한 번 떨어지기만 하면 강물 속에 빠지게 됩니다. 그러나 박지원은 이렇게 생각했습니다.

"설령 빠진다 하더라도 강물로 땅을 삼고, 강물로 몸을 삼고, 강물로 성품을 삼으리라."

마음을 다잡고 한 번 떨어질 것을 각오하자, 그의 귀에는 마침내 강물 소리가 들려오지 않았습니다. 그렇게 아홉 번이나 강을 건너는데도 조금도 걱정이 없어 마치 의자 위에 편안히 앉아 있는 것 같았습니다.

사람이 세상을 살아간다는 것은 강물을 건너는 것보다 더 힘하고 위태로울 것입니다. 박지원이 요동강을 건너면서 도를 깨달았다면 우리는 그보다 위험한 세상 속에서 도를 깨우칠 수도 있을 것입니다. 박지원이 강물 속에 한 번 떨어질 것을 각오했을 때 그의 눈에는 거센 강물이 보이지 않았고, 두려움을 주는 강물 소리가 들리지 않았습니다. 살아가면서 실패할 것을 각오한다면 더이상 두려움은 생기지 않을 것입니다

"바다보다 더 장대한 것은 하늘이고, 하늘보다 더 장대한 것은 사람의 마음이다."

빅토르 위고가 한 말입니다.

하늘보다 장대한 마음을 품은 당신은 이제 두려움과 불안이라는 쓸모없는 것에서 자신을 소중하게 지킬 수 있을 것입니다.

박지원의 말대로 보고 듣는 것은 곧잘 병이 됩니다. 몸이 다친다면 약으로 치료하면 될 것입니다. 그러나 마음에 든 병은 어떠한 것으로도 치료가 불가능합니다. 그것을 치료할 수 있는 것은 오로지 자신뿐입니다.

사막의 카리만

A. 생텍쥐페리가 쓴 『바람과 모래와 별들』에 이런 이야기가 나옵니다.

"나는 사막에는 대피할 곳이 없음을 깨닫는다. 사막은 대리석 모양으로 반들반들하다. 사막은 낮에는 그늘을 도무지 만들어 주지 않고, 밤에는 사람을 마냥 모지에 내세운다. 나를 가려줄 나무한 그루, 울타리 하나, 돌 한 개 없다. 바람은 발딱한 지세에서 기병대가 돌격하듯 나를 공격한다. 나는 바람을 피하려고 맴돈다. 나는 누웠다 일어났다 한다. 누웠거나 섰거나 나는 이 얼음 채찍을 피할 길이 없다. 나는 뛸 수가 없다. 이제는 기운이 다하였다. 나는 살인자들을 피할 수가 없어 두 손으로 머리를 싸매고 칼 밑에 털썩 꿇어앉는다."

사막, 그 광활한 대지에는 안식이 없습니다. 모래바람이 지천으로 날려 눈을 찌르고, 뜨거운 태양이 온 생물의 습기를 앗아갑니다. 사막에는 물이 없고 오직 서걱거리는 모래만 있을 뿐입니다. 사막은 시체를 보존하기를 거부합니다. 사막에는 해골이 없고, 사막에는 오래된 무덤도 없습니다. 거기서는 뼈도 살도 이내 바람에 날려버립니다. 마치 화장터에서 부서진 뼛가루가 날리듯이. 사막에서 우리를 살리는 것은 물입니다. 죽음의 땅, 사막에서 우리가 찾는 것은 오아시스입니다. 우연처럼 내리는 단비, 그것을 바라며 뜨거운 땅에서 모진 목숨을 연명해 갑니다.

우리가 인생에서 느끼는 두려움은 이 사막과 동일합니다. 위의 생텍쥐페리의 글을 한 번 고쳐 볼까요. 사소한 두려움이 우리 자신을 얼마나 옭아매고 있는지 명확하게 느낄 수 있을 겁니다.

"두려움은 깨진 유리조각처럼 날카롭다. 두려움은 기병대가 돌격하듯 나를 공격한다. 나는 두려움을 피하려고 맴돈다. 나는 누웠다 일어났다 한다. 누웠거나 섰거나 나는 이 얼음 채찍을 피할 길이 없다. 나는 뛸 수가 없다. 이제는 기운이 다하였다. 나는 두려움이라는 살인자들을 피할 수가 없어 두 손으로 머리를 싸매고 칼 밑에 털썩 꿇어앉는다."

누웠다 앉았다 누웠다 앉았다를 반복하고, 두 손으로 머리를 싸매고 도망치려고 해도 우리는 두려움이라는 사막을 피할 수 없을 때가 많습니다. 그것은 참으로 슬프고 안타까운 일입니다.

10세기 아랍권의 위구르족 일원 중에 '사딕'이라는 사람이 있었습니다. 사딕은 알라신의 가르침을 전하기 위해 여러 불교국을 정벌해 이슬람교로 개종을 시켰습니다. 그는 전쟁에서 여자들은 결코 해치지 않는 것을 불문율로 삼았습니다. 그러나 불교국 나야와의 싸움에서 그의 부하가 어린이 수십 명을 처형하는 사건이 발생했습니다. 사딕은 스스로 알라신의 재판을 받기 위해 사막으로 들어갔습니다. 살아서 사막에서 나올 수 있는가 없는가를 신에게 물은 것입니다.

사막에서 살아남는 사람은 신이 선택한 자라는 뜻으로 '카리만(영웅)'이라 불렸습니다. 그만큼 사막에서의 생존은 어려운 일이었지요. 사딕은 나흘 뒤 살아 돌아왔습니다. 사막의 영웅으로 말입니다.

우리가 용기를 내는 것은 사막에서 살아남는 것보다 훨씬 쉬운 일입니다. 영웅(카리만)이 된다는 것은 사막을 이기고 돌아오는 것, 즉 여러분 마음속의 두려움을 몰아내고 우뚝 서는 것입니다.

154

4
높이 나는 새가 멀리 본다

이카로스의 비행

그리스 신화에 보면 '이카로스'라는 소년이 나옵니다. 이카로스는 뛰어난 장인(匠人)이었던 다이달로스의 아들이었죠. 그런데 아버지 다이달로스가 미노스 왕의 미움을 받게 되었습니다. 미노스 왕은 다이달로스와 아들 이카로스를 함께 자신이 만든 미궁에 가두고 말았습니다.

그러나 다이달로스가 누구입니까? 만드는 것에서는 누구도 그를 따라잡지 못한 천재인 뛰어난 장인이 아닙니까. 다이달로스는 새의 깃털을 모아서 밀랍으로 붙인 후, 날개를 만들었습니다. 그리고 이카로스와 함께 하늘을 날아 미궁을 탈출하게 됩니다.

이때 다이달로스는 아들에게 너무 높이 날게 되면 태양에 밀랍이 녹아떨어질 것이라고 경고했지만 이카로스는 하늘을 나는 기분에 도취되고 말았습니다. 푸른 창공을 훨훨 날 때의 느낌, 그리고 지상의 모든 것을 내려다 볼 때의 짜릿함에 이끌려 계속해서 고도를 높였습니다. 높이, 더 높이, 조금만 더 높이……

결국 이카로스가 태양에 가까워질수록 날개의 밀랍이 녹아 내렸습니다. 결국 순간의 비상을 맛본 후에 에게 해에 떨어져 죽었습니다.

이카로스는 아버지의 경고를 듣지 않고 어리석은 행동을 했습니다. 그 순간 이카로스가 더 이상 고도를 높이지 않고, 아버지를 따라 안전한 비행을 했다면 그는 죽음을 당하지 않았을지도 모릅니다. 사람들은 이카로스의 어리석음을 탓할지도 모릅니다. 무모하게도 더 높이 날다가 죽음을 맞이하다니! 이렇게 말이죠.

그러나 우리는 또 다른 생각을 해볼 수 있습니다. 그것은 바로 이카로스의 '도전 정신' 입니다. 그가 바보가 아닌 이상, 아버지의 말처럼 태양에 가까이 가면 밀랍이 녹는다는 것을 알고 있었을 것입니다. 그러나 이카로스는 안전하게 날지 않았습니다. 그의 '무모한 도전' 은 현실적으로 죽음이라는 '패배' 로 나타났습니다. 그러나 이카로스는 그 한계를 넘어보고자 한 것입니다. 그는 현실의 경계를 넘어 이상향을 향해 한없는 비상을 했습니다.

대다수의 사람들은 안전만을 추구합니다. 그저 평안하고 안락하기만을 바랍니다. 일을 하더라도, 공부를 하더라도, 이 정도면 되겠지 하는 안일한 생각에 빠지기 쉽습니다. 그 어떤 모험이나 도전보다는 그저 주변의 대다수의 기준에 맞추기 급급합니다.

하지만 그러한 대다수의 사람들은 비상의 기쁨을 절대로 느끼지 못하게 될 것입니다. 이카로스는 죽었지만, 그는 도전했고 비록 그것이 찰나의 짧은 순간이었을지라도 그 어떤 인간도 느끼지 못한 성취감을 느꼈을 것입니다. 우리는 여기서 노력을 게을리 하지 않는 인간의 도전정신을 발견할 수 있습니다.

결국 인류의 역사는 추락을 두려워하지 않는 수많은 이카로스들에 의해 발전해 왔음을, 위의 신화는 상징적으로 보여준다고 할 수 있습니다.

지금은 그리스 로마 시대가 아닙니다. 밀랍으로 만든 새의 날개로 하늘을 나는 시대가 아닙니다. 우리는 더욱 안전한 비행기를 타고 하늘을 날 수 있는 그러한 과학의 시대를 살고 있습니다. 그러나 이러한 시대에 사는 사람들에게는 더 이상 이카로스 같은 도전정신을 발견하기란 쉬운 일이 아니게 되어버렸습니다.

결과가 뻔히 보인다고 해서 먼저 포기하면, 그것으로 끝일 뿐입니다. 하지만 이카로스였다면 최소한 먼저 포기한 사람보다는 높이 날고 있을 것입니다. 그리고 그는 창공에서 환하게 웃고 있겠지요.

평범함과 안정만을 추구하는 사람들은 창공을 훨훨 나는 비상의 기쁨을 절대로 느끼지 못합니다. 도전하는 사람만이 최고의 성취감을 느낄 수 있습니다.

토인비와의 대화

영국의 토인비는 세계적으로 유명한 역사가이며 문명비평가입니다. 『토인비와의 대화(Surviving the Future)』는 토인비와 일본의 와카이즈미 교수가 나눈 대화를 책으로 엮은 것입니다. 이 책에서 토인비와 와카이즈미 교수는 인류가 당면한 문제 전반에 걸쳐 다양한 대화를 나누고 있습니다.

그 대화 중 「젊은이들에게 하고 싶은 말」을 소개하고자 합니다. 세기가 바뀌는 인류의 대전환점에 서 있는 현대의 젊은이들에게 토인비 교수의 말은 귀감이 될 것입니다.

"81세나 된 내가 젊은 세대에게 하고 싶은 말이 무엇이냐 하는 것이지요? 내가 가장 하고 싶은 말은 '죽을 때까지 젊은이의 마음을 가져라.' 라는 것입니다. 젊은이들은 흔히 '우리는 부모세대와는 다르다. 우리는 완고하지도 보수적이지도 않다.' 라고 말합니다. 그러나 그들 또한 나이를 이기지 못하고 중년이 되어 가지요. 그리고 부모들의 세대가 한 잘못을 똑같이 반복하게 됩니다.

오늘날 당신들의 세대는 매우 특수한 처지에 놓여 있습니다. 당신들은 공교롭게도 인류 역사의 전환점에서 살고 있다는 사실 말입니다. 당신들에게는 큰 기회가 주어져 있습니다. 그러나 젊은이의 정신을 지니고 나아가지 못하면, 당신은 이 주어진 기회를 잘 활용할 수 없을 것입니다. 즉, 그것은 변화에 적응할 줄 알며, 이상주의에 의해 공평무사한 정신을 가져야 한다는 것입니다.

그리고 앞으로도 부모의 세대에 속하는 보수적인 사람들의 의견에는 계속 반대하십시오. 그들의 사상과 이상이 옳지 못하다고 생각할 경우에는, 그들에게 저항하고 그들의 견해를 철회시키도록 노력해야 합니다. 그러나 그럴 때에는 간디의 정신을 갖고, 증오심 없이 저항하고 물리치도록 해야 합니다.

즉, 당신이 사랑으로 적의를 이겨내도록 힘쓰는 동시에, 중년기에 접어 들어감에 따라 보수적이고 억압적인 정신상태에 빠지지 않도록 조심해야 합니다. 그리고 인생을 보다 더 좋은 것으로 만들어 보려는 노력이 이렇다 할 성공을 거두지 못하더라도, 결코 낙심하거나 분개해서는 안 됩니다. 불과 한 세대 사이에 세상을 천국으로 만들어 놓는다는 것은 물론 불가능한 일입니다. 그런 일은 아무한테도 기대할 수 없지요.

그러나 만일 당신이 인생을 조금이라도 보다 나은 것으로 만들 수 있다면, 그것은 엄청난 성공이며 당신의 생애는 보람이 있다고 할 수 있습니다."

　　당신의 가슴은 얼마나 젊습니까? 커다란 이상을 가슴에 품고 미래에 대한 무한한 기대로 가슴 부푼 적이 있습니까? 혹시 몸만 젊고 마음은 이미 늙어 버리지 않았나요?

　　이제 가슴속에 '뜻[志]' 하나를 세우십시오. 그것이 세계 역사를 바꿀 원대한 포부라도 좋고, 당장 내일 아침 기상시간을 30분 단축하는 현실적인 것이라도 좋습니다. 틀린 것은 틀린 것이라고 말할 수 있는 용기, 그리고 너그러운 마음을 품은 '젊은 정신'을 간직하고 있을 때, 당신의 도전은 바로 성공으로 이어질 것입니다. 도전은 먼저 '입지(立志)' 즉, 뜻을 세우는 것에서부터 시작하는 것임을 잊지 마세요.

　　　영웅은 난세(亂世)에 태어난다는 말이 있습니다. 어려울 때일수록 젊은 도전자들에게는 무궁한 기회가 제공된다는 의미겠지요. 토인비의 말처럼 젊은이의 도전은 그 '젊은 정신'에서 비롯되는 것입니다.

폭풍우 속으로 들어가라

어느 날 소설가 킹슬러는 화랑에 전시된 그림을 관람하게 되었습니다. 수많은 그림 중에 그의 시선을 잡아 맨 것은 폭풍우가 몰아치는 바다를 그린 그림이었습니다. 그림 속의 폭풍우가 어찌나 사실적이든지 킹슬러는 그 그림에 반해 버렸습니다. 바로 자신이 폭풍우 가운데에 던져진 것 같은 느낌을 받았으니까요. 거센 파도가 금방이라도 위험한 혀를 날름거리며 그를 휘감아갈 듯했습니다. 그는 이 그림을 그린 화가를 직접 만나고 싶어 찾아갔습니다.

"어떻게 이런 명작을 그릴 수 있었습니까?"

그가 감탄을 하며 화가에게 물었습니다. 그러자 화가는 조용히 미소 지으며 대답했습니다.

"바다의 폭풍우가 그리고 싶어졌습니다. 그렇게 마음을 먹고 그림을 그려보았지만, 그것은 거짓처럼 느껴졌습니다. 그래서 어느 날 한 어부에게 부탁을 했지요. 폭풍우가 일거든 배를 태워 달

163

라고 말입니다. 거센 폭풍우가 몰아치던 날, 배에 올랐습니다. 하지만 금방이라도 배를 삼킬 것 같은 폭풍우가 두려워지더군요. 다시 어부한테 부탁을 했지요. 나를 배 기둥에 결박해 달라구요. 정말 굉장한 폭풍우였습니다. 배에서 도로 내리고 싶은 마음이 굴뚝같았습니다. 하지만 나는 묶여 있었기 때문에 내릴 수가 없었습니다. 결국 나는 폭풍우와 마주 서서 그것을 피부로 느껴야 했습니다. 그뿐만 아니라 폭풍우가 내 몸을 감싸 안고 뒤흔드는 것을 그대로 이겨내야 했습니다. 그리고 폭풍우 속에 그대로 나를 맡겼습니다. 그랬더니 곧 내 자신이 폭풍우의 일부가 되는 것을 느낄 수 있었습니다. 그리고 나서 이 <해상의 폭풍우>라는 그림을 그릴 수 있었던 것입니다."

킹슬러는 아무 말도 못하고 감동의 눈물을 글썽였습니다.

화가의 목적은 분명했습니다. 폭풍우를 그리고 싶다, 그것도 아주 사실적으로. 그래서 그는 목숨을 걸고 폭풍우 속에 자신을 맡겼습니다. 화가는 폭풍우에 대항했지만 사실 그가 이겨낸 것은 폭풍우가 아니라 자신의 마음속에 있던 두려움이었습니다. 그가 도전한 것은 폭풍우라는 위험이 아니라 새로운 세계에로의 도전이었던 것입니다. 그리고 그는 훌륭하게 성공했습니다.

테니스나 달리기, 아니면 무엇이든지 당신이 어떤 시합에 임했다고 합시다. 그때를 떠올려 보세요. 신호가 떨어지면 정해진 시간 내에 온 힘을 다해야 합니다. 그 순간 당신은 선택의 기로에 서는 것입니다. 그 자리에서 그 일을 하든지, 아니면 영영 그 일을 못하고 마는 것입니다. 자, 무엇을 선택하시겠습니까?

영국 속담에 "소를 본 일이 없는 사람은 송아지를 큰 짐승으로 안다(They think a calf a muckle beast that never saw a cow)."라는 말이 있습니다. 경험이란 이렇습니다. 그 어떤 동요도 없는 잔잔한 바다를 항해하는 것은 편안한 일입니다. 그러나 그 사람은 잔잔한 바다밖에는 보지 못합니다. 이것은 아무 위험도 없는 인생과 마찬가지입니다. 하지만 그는 그 만큼의 인생밖에는 경험하지 못할 것입니다. 그런 사람에게 반성이나 후회가 있을 리 없고, 삶의 중요한 의미를 깨달아 가는 노력이 있을 리 만무합니다.

도전해서 그 모든 것을 당신 것으로 만들기 바랍니다. 그것이 당신의 인생을 넓고 풍요롭게 하는 최선의 방법입니다.

하나의 도전은 하나의 경험을 얻게 합니다. 경험은 자신을 성장시키는 중요한 요소입니다. 중요한 것은 경험을 얻는 일입니다. 경험이 없는 사람보다는 경험이 풍부한 사람이 행복합니다.

고디언 노트

의심을 품는 것은 도전하는 일에 있어 가장 큰 적입니다.

"내가 이 일을 해낼 수 있을까?"

"과연 저 일이 이루어질 수 있을까?"

이런 식의 회의적인 생각은 우리 인생에 아무런 도움을 주지 못합니다. 어떤 일을 대하든 불가능하다고 생각하는 사람은, 정작 그 일이 이루어지고 나서도 좀처럼 의심하는 생각을 버리지 못하게 됩니다.

로버트 풀턴이 증기선을 처음으로 사람들에게 공개했을 때 일입니다. 많은 사람들은 돛단배나 나무배가 아니라 증기선이 바다 위에 떠서 가리라고 믿지 않았습니다. 사실 그 증기선을 구경하러 나온 대부분의 사람은 로버트의 증기선이 가라앉았거나 움직이지 않을 거라고 확신했습니다. 증기선을 처음으로 시험 운항할 때 구경꾼들 중 한 남자는 이렇게 중얼거렸습니다.

"저 배는 움직이지 않을 거야. 움직일 리가 없어. 절대 없어."

그런데 배는 돌연 증기를 내뿜더니 서서히 움직이기 시작했습니다. 사람들은 놀라 입이 벌어졌고, 믿을 수 없는 현실에 탄성을 내질렀습니다. 깜짝 놀란 남자는 한참 동안 배를 바라보더니 다시 중얼거리기 시작했습니다.

"저 배가 움직이긴 했지만 멈춰지진 않을 거야. 멈출 리가 없지. 아무렴."

이런 것이 사람 마음입니다. 자신이 믿고 싶어 하는 대로 일이 풀리지 않을 때 사람은 좀처럼 사실을 받아들이지 못할 때가 많습니다. 그러나 로버트는 확신했을 것입니다. 자신의 증기선이 대양을 항해하는 모습을 상상하며, 실패해도 다시 도전하고, 또 도전하며 마침내 성공했던 것입니다.

어떤 면에서 의심은 도움이 될 수가 있습니다. 어떤 문제에 대해서 모든 것을 보이는 대로만 받아들이는 것도 문제가 됩니다. 사실 우리 곁에 일어나는 일들이란 것이 모두 우리에게 도움을 주는 일만 있는 것은 아니니까요. 그러나 바로 자신의 가능성을 의심하는 나쁜 습관은 버려야 합니다.

도전의 시작은 자신을 믿는 것에서 출발합니다. 인간의 가능성은 무한합니다. 나폴레옹이 "내 사전에 불가능이란 없다."라고 자신한 것처럼 우리도 자신의 가능성에 절대적인 신뢰를 가져야 합니다. 내가 나를 믿지 않는데 그 누가 나를 믿어 주겠습니까?

이 일은 도저히 불가능하다고 자신부터 단정하고 시작한다면, 그 일은 절대 성공할 수 없게 됩니다.

"고디언 노트(Gordian knote)."

이 말은 '무슨 일이건 어렵게 맺어져 있다'는 것을 비유하는 말로 쓰이는데 그 유래는 이러합니다.

고르디오스 왕이 알렉산더 대왕에게 어렵게 매듭을 맨 밧줄을 보이면서, 그것을 풀어 보라고 했습니다. 그러자 알렉산더 대왕은 서슴없이 자신의 칼을 꺼내 그 밧줄을 잘라 버렸습니다.

"천하의 알렉산더가 이런 것을 풀게 생겼느냐!"

당신 앞에는 항상 '고디언 노트'가 산적해 있을 것입니다. 한 밧줄을 풀고 나면 더 어려운 매듭이 나타나고, 또 새롭게 얽힌 매듭이 나타날 겁니다. 그러나 우리는 그것을 풀어야만 하는 현실 앞에 놓여 있습니다. 무슨 일이건 포기하지 말고 과감히 잘라버리기라도 합시다. 그것 또한 도전의 한 방식입니다.

가능성에 대한 의심은 당신의 인생에 아무런 도움도 주지 못합니다. 어려운 밧줄을 풀고 난 다음에 더욱 힘든 매듭이 있다고 해도, 의심하지 않고 도전하는 한 그 매듭은 반드시 풀리게 되어 있습니다.

헤라클레스의 선택

그리스 신화의 영웅 헤라클레스는 훌륭한 교육을 받으며 자랐습니다. 아버지 암피트리온에게서 전투용 마차 타는 방법을 배웠고, 아우톨리코스에게서는 씨름을, 에우리토스에게서는 궁술을, 카스토르에게서는 무기 다루는 법을 배웠습니다.

하루는 리오스가 어린 헤라클레스를 꾸짖자 헤라클레스는 그를 때려 쓰러뜨렸습니다. 아버지 암피트리온은 아들의 격렬한 기상에 놀라 키타론 산으로 보내어 목장에서 소 떼를 돌보게 하였습니다.

헤라클레스가 키타론 산에서 자신의 앞날을 생각하며 고민하고 있을 때였습니다. 미덕과 쾌락이 각자 아름다운 여자의 모습으로 나타나 그를 유혹하기 시작했습니다. 물론 쾌락이 변한 여자의 모습이 훨씬 더 유혹적이었지요. 그러나 그는 안이와 향락을 버리고 미덕을 따르며 노력의 길을 걷기로 결심했습니다. 이것이 바로 '헤라클레스의 선택'입니다.

그 후 헤라클레스가 키타론 산을 내려왔을 때는, 키가 육척이나 이르고, 팔 힘은 따를 사람이 없고, 온 정기는 불길처럼 타고, 활쏘기와 창던지기에서는 누구도 따를 자가 없는 뛰어난 솜씨를 갖게 되었습니다.

가장 훌륭한 사람은 모든 것을 버리고 단 한 가지만을 선택하는 사람일 수 있습니다. 이것도 저것도 조금씩 누리기를 바랄 때 우리는 그 모두를 다 놓쳐 버릴 수 있습니다. 그러나 자신이 택한 것에 확신을 가지고 노력해 나갈 때, 버린 줄 알았던 다른 모든 것들이 어느새 당신 옆에 같이 하고 있음을 깨닫게 됩니다.

지금 당신이 선택해야 하는 것이 무엇인가요. 그것이 공부라면 모든 것을 버리고 지금은 공부만 하십시오. 지금 당신이 선택해야 하는 것이 사랑이라면, 모든 것을 버리고 사랑을 선택하십시오. 무엇을 선택해야 하는지에 대한 결정은 그 누구도 아닌 당신이 하는 것입니다. 그리고 일단 선택했다면 확신을 가지고 매진해야 합니다. 흐지부지 시작하다 말 것이라면 아예 선택하지 마십시오. 선택 후의 결과는 명확합니다. 그것은 이루느냐, 이루지 못하냐의 두 가지입니다. 그러나 선택도 하지 못한다면 결과도 없습니다.

도전이란 다른 것이 아닙니다. 도전의 첫 번째는 바로 당신입니다. 헤라클레스가 영웅이 될 수 있었던 것은 자신에게 던져진 유혹을 과감히 물리치고 자신에 대한 도전에서 승리했기 때문입니다. 그것이 어디 헤라클레스뿐인가요. 부처님도 보리수 밑에서 유혹을 당했지만 자신을 지켰기에 성불할 수 있었습니다. 예수님도 40일간의 금식 중에 악마의 유혹을 뿌리쳤습니다.

이제 선택은 당신이 하는 것입니다. 당신의 선택에 따라 결과는 달라지고 그 결과는 바로 당신의 미래를 좌우하는 것일 수도 있습니다. 오늘은 괜찮겠지, 다음에 하고 이번엔······ 이런 하루하루가 반복된다면, 그것은 '오늘'로 끝나지 않고 당신의 '평생'으로 이어질 수도 있습니다.

선택에는 반드시 의무가 뒤따르게 마련입니다. 그러나 의무가 없는 자유란 더 무서운 것일 수 있습니다. 그 의무 없는 자유의 끝은 아무것도 이루지 못한 채 공허함을 가득 안고 최후를 맞이하는 것뿐입니다.

일하는 손은 아름답다

프랑스의 곤충학자 파브르는 독학으로 초등학교 교원에서 중학교 물리학, 수학 교원 자격을 받았습니다. 또한 그는 박물학에 흥미를 가져 곤충의 생태 연구를 한 후, 논문 「자연과학의 역사」를 최초로 발표하였습니다. 후에 오랑즈에 은퇴하여 집 주위의 곤충 생태를 관측하고 여러 저작을 발표하였는데, 『곤충기』 10권은 아직도 전 세계에서 널리 번역되어 읽히고 있습니다.

파브르가 아비뇽의 중학교 교사를 하고 있을 때의 일입니다. 프랑스 문무대신이었던 빅토르 뒤리이가 아비뇽시에 왔다가, 파브르를 찾아 중학교에 방문하게 되었습니다. 문무대신은 파브르가 학술잡지에 발표한 연구 논문을 읽고, 그를 천재적 과학자인 동시에 문필가라고 인정하였던 것입니다.

뒤리이가 학교를 방문했을 때, 파브르는 실험실에서 정신없이 실험에 열중하고 있었습니다. 실험실로 찾아온 그는 파브르에게 반갑다며 악수를 청했습니다. 그러나 파브르는 갑작스런 그의 방문에 당황했습니다.

"죄송하지만 지금 실험 때문에 손이 매우 더럽습니다."

뒤리이는 웃으면서 말했습니다.

"일하는 사람의 손이 더러운 것은 당연합니다. 당신의 논문을 잘 읽었어요. 어떻습니까, 내가 당신의 실험실을 훌륭하게 만들어 주고 싶은데 말이오."

그러자 파브르는 고개를 저었습니다.

"실험실은 지금으로도 충분합니다. 저의 더러운 손과 악수해 주신다면 그것으로 족합니다."

뒤리이는 파브르의 말에 감동을 받았습니다. 그리고 더러운 파브르의 손을 잡고, 위로 치켜 올리며 외쳤습니다.

"이 손을 보라!"

그러나 이때 뒤리이를 따라왔던 관료들은 모두 파브르의 더러운 손을 보며 경멸스런 표정을 지었습니다. 그리고는 중얼거렸습니다.

"역시 더럽군. 직공의 손은 어쩔 수가 없어. 쯧쯧."

그러나 뒤리이는 한층 더 소리 높게 말했습니다.

"이 손은 확실히 일하는 손이다. 나는 여러분들 속에 이런 손이 더 많아질 것을 원하고 있다. 나는 이 손이 이 마을의 산업을 발전시키는 손이라고 믿고 있다. 더욱이 이 손은 펜도 쥐고, 현미경도 보고, 해부하는 메스도 쥘 줄 아는 손이다. 여러분은 이러한 사실을 알고 있는가?"

뒤리이의 말을 들은 사람들은 부끄러워 얼굴을 들지 못했습니다.

지금 당신의 손은 어떤 손입니까? 혹시 놀고먹기만 하는 게으른 손은 아닌가요? 혹은 TV 리모콘만 누르거나 컴퓨터 게임의 마우스만 누르는 손은 아닙니까?

일하는 손은 아름답습니다. 삶의 목표를 향해 일하는 사람의 손은 이 세상에서 가장 아름답습니다. 그 와중에 손이 더럽혀지고, 거칠어진다고 해도 그 손이 이룩하는 성과는 아무도 상상하지 못할 만큼 위대한 것일 수도 있습니다. 파브르의 손은 더러웠지만 그 손으로 끊임없는 실험과 연구를 통해 세계적인 곤충학자가 되었던 것입니다.

도전은 고행입니다. 쉽고 깨끗하고 안락하고 편안할 때 도전 정신은 나오지 않습니다. 당신의 손이 더러워지는 것을 두려워하지 마세요. 일하는 손이 더러울수록 그 가치를 알아주는 사람은 분명히 당신을 지켜보고 있습니다.

도전의 처음과 끝

18세기에 몽골피에가 최초의 기구(氣球)를 하늘로 올렸습니다. 그러자 다른 학자들이나 친구들 사이에서 큰 조소의 대상이 되었습니다. 몽골피에의 실험이 성공할 것이라고 생각한 사람은 드물었습니다. 그러나 극소수의 사람은 그가 성공할 것이라고 믿었습니다. 그 중에 한 사람이 미국의 정치가이며 과학자인 벤저민 프랭클린이었습니다.

어느 날 프랭클린 앞에서 한 과학자가 기구의 상승 실험에 악담을 퍼붓기 시작하였습니다.

"설사 기구가 공중에 올라갔다고 해도, 그것으로 어떤 목적이 달성되었단 말입니까?"

프랭클린은 과학자에게 이렇게 반문했습니다.

"그렇다면 당신은 갓난아이가 어떤 목적을 가졌다고 설명할 수 있습니까?"

프랭클린의 말에 그 과학자는 한마디의 대답도 못했습니다.

몽골피에가 기구를 만든 목적은 그것을 하늘로 올리는 것 그 한 가지였습니다. 그것이 성공했을 때, 그 다음으로 기구를 이용한 여러 가지 목적을 생각할 수가 있는 것입니다. 즉, 우리가 어떤 일을 할 때 도전의 처음은 확실한 목적을 정하는 것입니다. 목적이 확실하다면, 우리는 어떤 난관도 극복하고 우리가 이루고자 하는 것에 도전할 수 있습니다.

마르쿠스 아우렐리우스는 "목적 없이 행동하지 말라."고 말했습니다. 목적이 없는 행동은 구심점을 잃고 헤매기 마련입니다. 제아무리 노력하고 최선을 다한들 이룰 것이 없는데 무슨 소용이 있을까요. 이제 당신이 도전하기 위해 해야 할 첫 번째 것을 알았을 것입니다. 그것은 바로 정확한 '목적'을 세우는 것입니다.

그리고 언제나 그 목적은 구체적이어야 합니다. 단순히 공부를 잘해야지, 좋은 대학에 가야지, 부모님께 효도해야지, 능력 있는 사람이 되어 돈을 많이 벌어야지 등등 추상적인 목적은 우리의 행동에 박차를 가하지 못합니다.

지금 노트를 꺼내 당장 내일 이룰 목적을 정하십시오. 혹은 일주일, 혹은 한달 안에 무엇을 할 것인지 계획을 구체적으로 작성하는 것입니다. 그리고 매일매일 체크하면서 그 목적이 어느 정도 달성되고 있는가를 확인하는 것입니다.

어떤 일이든 처음이 어렵습니다. 일단 시작하고 나면 어떻게든 끝까지 가게 됩니다. 처음을 두려워하지 않고 시작하는 것이 무엇보다 중요합니다.

지금 어떤 지점에 놓여 있다는 것은 문제가 아닙니다. 모든 지점은 다 어떤 목적을 향한 출발점에 불과합니다. 지금 우리가 서 있는 환경이 바로 출발점입니다.

이제 도전정신을 가지고 목표를 향해 달려가면 됩니다. 숨이 턱에까지 차고 쓰러지고 싶겠지만 끝까지 달리세요. 포기만 하지 않는다면 도전의 끝을 만나실 수 있을 겁니다. 도전의 끝은 바로 성공입니다.

도전의 처음은 '목적'을 정하는 것입니다. 도전의 마지막은 '성공' 하는 것입니다. 그 중간은 바로 숨이 턱에까지 차도록 끝까지 달리는 노력만이 있을 뿐입니다.

칸트의 산책길

1918년 제1차 세계대전 패배라는 쓰라린 사실 앞에 직면한 독일 국민들은, 국가의 재기는 '정치적 분야에서 잃은 것'을 '정신적 분야에서 되찾는 경우'에만 가능하다고 생각했습니다. 이러한 재기를 꿈꾸는 독일인들은 정신적 지도자를 찾았습니다. 다수의 인물이 거론되었지만 그들이 희망을 건 사람은 이미 고인이 된 독일의 위대한 철학자 칸트였습니다.

독일 국민들에게 칸트는 아직도 죽지 않았고, 많은 부분에서 "칸트로 돌아가라."라는 부르짖음이 강조되었습니다. 칸트 철학은 그 근본 사상에 있어서 확고부동한 뿌리를 진리의 밑바닥에 내리고 있습니다. 그러나 개개의 사상에 있어서는 변화하는 생활 조건에 자연적으로 적응하는 유연성과 탄력성을 보여 주고 있지요. 그만큼 칸트의 사상은 아직 완결되지 않은 채, 살아 있는 유기체처럼 성장하는 힘을 지니고 있습니다.

그렇다면 이러한 위대한 사상가 칸트의 일상생활은 어떠했을

178

까요?

그의 생애는 가혹한 원칙에 지배되고 있었습니다. 아무리 작은 것이라도 그는 자신이 세운 원칙에서 절대로 벗어나지 않는 완벽함을 보여주었습니다.

칸트는 새벽 5시에 일어나서 7시까지 연구했습니다. 그리고 7시부터 9시까지 강의가 계속되고, 9시부터 오후 1시까지 중요한 연구가 이루어집니다. 이 시간에 학문적 저술이 쓰였습니다.

이윽고 오후 1시에 점심식사가 시작되는데, 그는 나이가 들수록 이 점심시간을 매우 중시하였다고 합니다. 그는 평소에 매우 검소하였으나 점심때에는 언제나 그의 주도로 자그마한 모임을 가졌습니다. 이것은 그의 즐거움이기도 하였고, 필요에 의한 것이기도 하였습니다. 그에게는 흥미 없는 것이 없었습니다. 그리고 어디서도 새로운 사상과 자극을 주고받을 수 있었습니다. 이러한 교제가 이루어지는 점심식사는 3시간이나 5시간 동안 계속되기도 하였습니다.

그리고 칸트는 규칙적으로 산책을 하였습니다. 그는 이 '혼자만의 산책'을 통해서 사색을 하고, 생각을 정리하고, 연구 활동에서 오는 피로를 푸는 시간으로 활용했습니다. 산책을 한 후에는 다시금 연구에 몰두하였고, 밤 10시 정각에 잠자리에 들었습니다. 이렇게 그는 평생동안 매일 같은 일과를 반복하였습니다.

사람들은 칸트가 이룩한 위대한 사상적 업적이 없었다면, 시계처럼 움직이는 생활을 융통성 없는 것으로 치부해 버렸을지도 모릅니다. 사실 평범한 대부분의 사람은 칸트와 같이 정해진 규칙대로 살지 못합니다. 더군다나 자신이 정해 놓은 규칙엔 더 관대해지기 일쑤지요.

칸트는 인간의 본질과 합법성을 탐구하려 하였고, 이 연구를 위해 언제나 자기 자신의 '정신의 집중과 안정'이 필요했을 것입니다. 시간을 세심하게 감시하고, 철저하게 지킬 수밖에 없었던 것은 칸트만의 방식이었겠지요.

우리는 누구나 칸트처럼 자신에게 엄격하지 못합니다. 그러나 어떤 목적, 어떤 목표 아래서는 시간을 어떻게 활용하느냐에 따라서 집중의 정도가 차이 나고, 그 결과 또한 차이가 나는 것을 볼 수 있습니다.

힘들고 어려운 일이겠지만 우리가 해야 할 그날의 분량을 매일매일 일정한 시간에 규칙적으로 해결해 나갈 때, 집중력은 높아지며 그 일의 결과 또한 높은 성과로 나타날 수 있을 것입니다.

어떤 일이든 처음은 힘들어도 이것이 쌓이고 쌓이면 나중엔 조금 더 수월해지고 마침내 쉬워지는 것이 사실입니다. 칸트처럼 일생에 걸쳐 완벽하게 엄격하진 못해도 자신에게 어느 정도 엄격해질 필요가 있습니다.

뉴턴의 집중력

뉴턴은 영국의 물리학자이자 천문학자, 수학자입니다. 수학의 미적분법을 창시하였고, 물리학에서는 뉴턴 역학 체계를 세웠습니다. 한마디로 근대 과학의 아버지라 불리는 인물입니다. 당신이 고등학교 때, 혹은 지금 수학의 미적분을 배우고 있다면 뉴턴을 원망할지도 모르겠군요. 그런 것을 창시해내 그나마 어려운 수학을 더 어렵게 만들었다고 말입니다.

뉴턴 하면 우리는 보통 '만유인력의 법칙'과 '사과나무 에피소드'를 떠올립니다. 지구의 중력이 달의 궤도에 영향을 미친다는 것과 유성의 운동에 관한 것은 뉴턴 이전부터 나온 얘깁니다. 여기에 뉴턴은 그가 스스로 창시한 유율법(流率法)을 이용하여 이 문제를 해결함으로써 만유인력의 법칙을 새로이 확립한 것입니다. 우리가 알고 있듯이 사과가 땅에 떨어지는 현상만을 가지고 그 복잡하고 오묘한 자연과학의 법칙을 깨달아 버린 것은 물론 아니겠지요.

그 후 뉴턴의 명성은 계속해서 높아져서 왕실로부터 작위도 받았습니다. 그는 신학에도 관심을 보여 성서의 사실 입증을 위하여 고대사의 해석을 시도하기도 했습니다.

뉴턴이 소년시절 때의 이야기입니다. 그는 어렸을 때부터 수학을 좋아해서 수학 문제를 풀 때면 옆에서 무슨 일이 일어나도 몰랐다고 합니다. 언젠가 뉴턴이 수학 문제 풀이에 몰두하고 있을 때, 친구 하나가 뉴턴의 점심을 몰래 먹어버렸습니다.

문제 풀이를 마친 뉴턴이 점심을 먹으려고 하니까 음식은 간 데 없고 빈 그릇만 남아 있었지요. 그것을 보고 뉴턴이 중얼거렸습니다.

"하, 이것 참, 공부에 정신이 팔려서 아까 점심을 먹고 또 먹으려고 하네."

점심을 훔쳐 먹은 친구는 어이가 없었습니다.

"야, 이 멍청아! 그 밥은 내가 먹었어. 너는 점심을 먹었는지 안 먹었는지도 몰랐던 거니?"

그러자 뉴턴이 다시 중얼거렸습니다.

"어쩐지 금세 먹은 것치고는 너무 배가 고프더라."

뉴턴의 집중력은 혀를 내두를 만하지요. 사실 뉴턴이 모든 생활, 모든 일에 대해서 그런 집중력을 보여주지는 않았을지도 모릅니다. 자신이 좋아하는 일을 할 때가 싫어하는 일을 억지로 할 때보다 더 쉽게 그 일에 빠져들게 마련입니다. 예를 들어, 당신이 컴퓨터 게임을 좋아한다면 영어단어를 외울 때보다 훨씬 높은 집중력을 보여줄 것입니다.

　그러나 우리는 좋아하는 일만 하며 살 수는 없습니다. 하기 싫은 일일지라도 어떤 때는 꼭 해야 하는 게 현실입니다. 이왕 바꿀 수 없는 현실이 그렇다면 우리의 생각을 바꿔 보면 어떨까요? 하기 싫다, 하기 싫다 생각하면서 몸을 비비 꼬고 있다면 집중력이 생길래야 생길 수가 없겠지요. 이왕 해야 할 일이라면 아예 마음을 비우고 생각을 바꿔서 그 일을 좋아하게 만드는 것입니다.

시간은 누구에게나 일정하게 주어집니다. 그 시간 동안 우리가 목표를 달성할 수 있느냐 없느냐는 집중력의 문제입니다. 집중력은 마인드 컨트롤의 일종입니다. 뉴턴의 집중력, 당신도 할 수 있습니다.

기창의 활쏘기

옛날 감승(甘蠅)이란 사람은 활쏘기로 유명했습니다. 그의 제자에 비위(飛衛)라는 사람이 있었는데, 그도 스승 못지않은 실력을 갖고 있었습니다. 그런데 비위에게는 기창(紀昌)이라는 제자가 있었습니다. 비위는 기창에게 처음으로 활쏘기를 가르칠 때 이렇게 말했습니다.

"지극히 작은 것을 크게 보고, 지극히 가는 것을 굵게 보는 연습을 해서 네 눈에 작은 것이 확실히 크게 보이고, 가는 것이 굵게 보이거든, 그 때에 와서 정작 활 쏘는 법을 배우거라."

기창은 그 날부터 집에 돌아와 이 한 마리를 잡아서는 머리털로 묶어서 문지방에 달아매었습니다. 그리고는 반듯이 앉아서 그것을 바라보았습니다. 매일 매일 반복하며 3년이 지나자, 그 작은 이가 큰 수레만큼 커다랗게 보이기 시작했습니다.

그 때부터 활쏘기를 시작한 기창은 스승을 능가하는 훌륭한 궁수가 되었습니다. 그런데 기창은 스승인 비위의 비법을 터득하고 나자 날로 공명심이 높아졌습니다. 그리고는 마침내 활쏘기의 명수인 스승의 위치가 탐이 났습니다. 해서 스승을 없애기로 마음을 먹었습니다.

어느 날 기창은 스승 비위에게 아무도 없는 들판에서 활쏘기 시합을 청했습니다. 그러나 비위는 이미 기창의 내심을 파악하고 있었지요. 그것을 알면서도 비위는 기창의 청을 흔쾌히 허락하였습니다.

이윽고 두 사람은 이윽고 들판에 마주 섰습니다. 기창은 '어떻게 하면 스승을 쏘아 죽일까?' 를 고민했고, 비위는 '어떻게 하면 저 녀석의 화살을 막아낼까?' 생각했습니다.

두 사람 다 위급하고 초조한 시간이었습니다. 이윽고 두 사람의 활이 당겨졌습니다. 그러나 화살은 목표물에게로 도달하지 못하고 중간에서 서로의 촉과 촉이 마주쳐 공중으로 치솟다가 땅에 떨어졌습니다. 이렇게 자신들이 가지고 있던 화살들을 계속해서 쏘았습니다. 기창의 화살이 스승에게 날아가면, 비위의 화살은 기창의 화살을 막아 중간에 떨어지게 하는 것이 반복되었습니다. 드디어 기창에게 마지막 화살이 남았습니다. 그런데 비위에게는 화살이 하나도 남아 있지 않았습니다.

기창은 승리감에 들떠 마지막 남은 화살에 정신을 집중해서 쏘았습니다. 비위는 침착하게 가시덤불에 가서 가시 하나를 따가지고 날아오는 화살을 막아 버렸습니다. 기창은 그제야 자신의 실력이 스승에게 미치지 못함을 깨닫고, 스승께 나아가 사죄를 올렸습니다.

활쏘기는 정신의 집중을 요합니다. 아시안 게임이나 올림픽의 한 종목인 양궁을 보면, 선수들이 활을 당기기 직전에 최대한 집중력을 모아 과녁을 향해 당기는 것을 볼 수 있습니다. 사격도 마찬가지입니다. 만약 이들의 집중력이 잠시라도 흐트러진다면 좋은 성적을 기대하기는 어렵습니다.

그래서 비위는 제자 기창에게 집중력을 기르게 하는 훈련을 시킨 것입니다. 이 한 마리를 달아 놓고 매일 쳐다본다는 것은 쉬운 일이 아닙니다. 그러나 그것이 반복되면 모든 잡념이 사라지면서, 오로지 눈에 보이는 것에 몰두하는 시간이 그만큼 늘어갈 것입니다. 그런 가르침을 준 스승을 죽이려고 한 기창의 공명심이 인간의 끝없는 욕심의 단면을 보여 주는 듯합니다.

지극히 작은 것을 크게 보고 지극히 가는 것을 굵게 보는 연습은 활쏘기의 기본입니다. 집중력은 타고나는 것이 아닙니다. 꾸준한 연습을 통해 키울 수 있습니다.

바둑판 위의 돌

바둑판 위에서 승부는 한 순간에 결정됩니다. 흰 돌과 검은 돌의 피 말리는 접전은, 바둑 돌 하나가 어떻게 놓여지냐에 따라 승패가 좌우될 때가 많습니다. 우리들이 인생을 살아가는 것은 긴 시간 속에서 일순간의 승부를 위해 늘 바둑돌을 놓고 있는 것과 같습니다.

농구경기에서도 승부는 마지막 한 골에 있을 때가 많습니다. 아슬아슬하게 역전을 거듭하는 경기에서 마지막 중거리 슛 하나, 혹은 절묘한 레이업 슛 하나에 환호와 절망이 교차되기도 합니다.

그 마지막 순간 슛을 하는 선수의 모든 신경은 손끝에 집중되어 있습니다. 그리고 모든 정신을 하나로 모아 골대를 향했을 때, 매끈하게 골대를 통과하는 그 농구공의 탄력은 쾌감으로 느껴질 것입니다.

괴테는 『파우스트』에서 '순간'에 대해 이렇게 말했습니다.

"시간이 언제나 당신을 기다리고 있다고 생각지 말라. 게을리 걸어도 결국 목적지에 도달할 날이 있을 것이라는 생각은 잘못이다. 하루하루 전력을 다하지 않고는 그 날의 보람이 없을 것이며, 동시에 최후의 목표에 능히 도달하지 못할 것이다. 의의 있는 일에 복종하는 것이 인간의 지혜이다. 그것을 방해하는 것을 정복해 나가는 것이 생활이다. 정복이 없이는 생활의 내용을 얻지 못한다. 생활을 나의 것으로 하려면 정복이 필요하다. 우리에게는 하루하루가 정복의 노력으로 빛나야 한다.

나는 이 순간에 대해 말하고 싶다. 너는 참으로 아름답다. 자기가 인정한 것을 위해서 공부하고 일하고 노력하는 이 순간이야말로 영원히 아름답다. 순간이 여기 있으리라. 내가 그와 같이 지낸 과거의 날들은 영원히 멸하지 않으리라. 이러한 순간이야말로 나는 가장 큰 행복을 예감하는 것이다."

당신의 왕국은 이 세상입니다. 죽어서 가야 할 저 천상의 것도 아니며, 당신이 잉태된 어머니의 몸속도 아닙니다. 오로지 지금 당신이 숨쉬고 있는 현실이며 지금 이 순간입니다.

게을리 걸어도 언젠가는 목적지에 도달할 수 있겠지 하는 생각만큼 어리석은 것도 없습니다. 지금 이 순간 노력하지 않는데 다음 어느 순간에 노력할 수 있겠습니까? 지금 이 순간 이리저리 헤매고 있는데, 내일은 집중해서 무엇인가 파고들 수 있겠지 하는 것은 막연한 희망사항일 뿐입니다.

만약 지금 친구와 놀고 있다면 여한 없이 즐기도록 하세요. 지금 영화를 보고 있다면 스크린의 매력에 빠져 오직 영화 장면에 빠지면 됩니다. 만약 가슴 설레는 누군가와 함께 있다면 그 사람에게 최선을 다하세요. 그것이 우리의 인생을 가장 알차게 보내는 유일한 방법입니다.

순간에 집중하는 것, 그것은 시간을 가장 짜임새 있게 활용하는 것입니다. 놀 때 공부 걱정하고 공부할 때 놀지 못하는 것을 아쉬워한다면 아까운 시간 낭비일 뿐입니다.

찰나가 이어져 영원이 됩니다. 순간순간을 아깝게 놓치지 마세요. 당신의 것으로 움켜잡으세요. 지금 이 순간을.

❄ 혹시 게을리 걸어도 결국 목적지에 도달할 수 있을 거라고 생각하나요? 시간이 언제나 당신을 기다리고 있다고 생각하면 안 됩니다. 하루하루 순간순간 전력을 다해 걸어야 최후의 목적지에 도착할 수 있습니다.

의지의 조련사

겨우 마음을 잡고 책을 폈는데 때마침 전화가 오는 군요. 이러저러 몇 마디 수화를 떨고 나니 순식간에 한 시간이 지나가 버립니다. 말을 많이 했더니 목이 말라서 냉장고를 뒤적거립니다. 물만 마시고 나니까 뭔가 허전해서 아이스크림 하나를 물로 다시 들어와 앉았습니다. 다시 책을 들여다보려고 하는데 거실에서 코미디 프로그램을 하는지 가족들의 웃음소리가 떠나갈 듯 울려 퍼집니다. 궁금함을 애써 누르고 집중하려고 하는데 마음은 자꾸 거실로 향해지는군요.

"뭐 어때, 잠깐만 보고 해야지."

그래서 결국엔 거실로 나가 엉덩이를 붙이고 앉아 가족들과 함께 히히덕거리고 맙니다. 그렇게 시간은 흘러 어느덧 밤 12시. 내일 아침 일찍 나갈 생각을 하니 잠을 자야겠군요. 그리고는 이렇게 중얼거립니다.

"빌어먹을, 하루가 또 그냥 갔어."

자동차가 속력을 내기 위해선 어느 정도의 시간이 필요합니다. 시동을 걸자마자 액셀러레이터를 밟는다고 순간적으로 높은 속력을 내지 못합니다. 바로 자리에 앉자마자, 책을 펼치자마자 그것에 몰두하기란 절대로 쉬운 일이 아닙니다.

무엇엔가 집중하기 위해서는 예열(미리 예비적으로 가열하거나 데우는 일)의 과정이 필요합니다. 그 시간을 견디지 못한다면 아무 일도 이룰 수 없습니다.

정말로 자신에게 집중력이 없다고 생각한다면, 이제 물리적인 방해물들을 잘라내야 할 필요가 있습니다. 일단 전화 코드를 과감하게 뽑아냅니다. 방문 앞에는 '방해하지 말 것'이라고 써 붙입니다. 시계도 돌려놓습니다. 사실 시간이 흐른다는 것을 의식하는 것조차 집중하고 있지 않다는 증거니까요.

그러나 이런 것들이 다 무슨 소용이겠습니까? 당신의 의지는 곧바로 무너져 먼저 친구에게 전화를 걸고 있고, 먼저 컴퓨터의 전원을 눌러 게임을 시작하고 있을 텐데요? 집중하기 위해 노력하는 행동 자체가 먼저 당신을 견딜 수 없도록 구속하며 죄어 올 텐데 말입니다.

집중하기 위해 가장 중요한 것은 이런 외적인 요인을 잘라내는 것이 아니라 우리 내면에 존재하고 있는 여러 불필요한 생각의 꼬리들을 잘라내는 것입니다. 곁가지를 자르고 오로지 한 길로 향하는 연습은 하루아침에 되는 것이 아닙니다.

마틴 루터는 이렇게 말했습니다.

"인간의 의지란 하느님과 악마 사이에 있는 짐승과 같다."

어쩌면 우리는 이 둘 사이를 왔다 갔다 하는 짐승 한 마리를 길들이지 못해서 지금처럼 고생하고 있는지 모르겠습니다.

그러나 그것을 매우 적절하게 이용하고 조절하는 사람들이 있습니다. 남들은 하는데 나만 할 수 없다는 것은 말이 안 됩니다. 처음부터 쉽지는 않겠지만 자꾸만 시도하다 보면 어느 샌가 그 짐승의 훌륭한 조련사가 되어 있을 것입니다.

최고의 집중력을 갖기 위해선 먼저 자신의 의지를 단단히 다지세요. 그리고 그것이 최고의 스피드를 내게 하기 위해 '예열'의 시간을 잘 견뎌 냅시다. 그러면 아마 최고의 속력으로 무섭게 달리고 있는 자신을 발견할 수 있을 것입니다.

　100M 달리기를 할 때도 스타트를 하자마자 최고 속력이 나오는 것이 아닙니다. 보일러를 켜도 곧장 온 방안이 따스해지는 것은 아닙니다. 정상적인 온도로 오르기까지 역시 기다림의 시간이 필요합니다.

매미잡이 꼽추

벽에 한 점을 찍고, 몇 시간이고 가만히 앉아서 그 점을 뚫어지게 바라보면 그 점이 달걀만 하게, 혹은 야구공만 하게 보인다고 합니다. 어떤 만화에서도 주인공인 야구선수가 이 같은 연습을 꾸준히 하여 마침내 상대방 투수가 던지는 야구공이 축구공만 하게 보여 방망이를 휘두를 때마다 안타를 쳤다는 얘기가 나옵니다. 그러나 굳이 만화를 인용하지 않더라도, 전해 내려오는 고사에서도 이 같은 이야기는 얼마든지 찾을 수 있습니다.

공자가 초(楚)나라에 갔을 때입니다. 숲에서 나오는데 한 꼽추가 매미를 잡고 있었습니다. 그런데 그 솜씨가 너무 기막힐 정도였습니다. 그도 그럴 것이 그 꼽추는 매미를 마치 그냥 줍는 것처럼 수월하게 잡고 있었습니다. 그 모습을 보며 공자가 감탄을 하며 말했습니다.

"당신, 참 재주가 좋소. 무슨 특별한 방법이라도 있는 게요?"

꼽추가 대답했습니다.

"내게는 특별한 도가 있습니다. 5, 6개월 동안 흙으로 빚은 공 두 개를 포개어 놓고 떨어뜨리지 않기를 계속하다 보면 거의 실수를 않게 됩니다. 그리고 나서 세 개를 포개어 놓고 떨어뜨리지 않되 열에 하나 정도를 실수하게 되며, 다섯 개를 포개어 놓아도 떨어뜨리지 않으면 마치 매미를 줍듯 잡을 수 있습니다. 이 때 나는 마치 나무 그루터기를 세워놓은 듯 처신하며, 나의 팔놀림은 마치 나뭇가지와 같게 됩니다. 비록 하늘과 땅이 크고 만물이 많다고 할지라도 나는 매미날개만을 알 뿐입니다. 나는 몸을 젖히지도 않고 기울이지도 않으며, 만물을 매미의 날개와도 바꾸지 않으니 어찌 잡히지 않겠습니까?"

꼽추의 말을 들은 공자가 제자들을 돌아보며 말했습니다.

"생각을 분산시키지 않고 정신에 응결시킨다는 것은 바로 꼽추 영감을 두고 하는 말일 것이다."

그러자 꼽추 영감이 말했습니다.

"당신은 선비일 뿐입니다. 그 밖에 또 무엇을 알겠다고 이런 것을 물으십니까? 당신이 할 바를 다한 뒤에 그 이상의 것을 말하도록 하시오."

대 성인인 공자가 매미잡이 꼽추에게 당하고 말았군요. 하지만 꼽추는 나름대로 '도'를 통한 사람임에는 틀림없는 것 같습니다.

공자가 말했듯 그는 '생각을 분산시키지 않고 정신을 응결시킨 사람'입니다.

단순히 매미를 잡는 것에도 이러한 집중력이 필요한데, 우리가 생활하면서 자신의 일을 할 때는 어찌해야 하겠습니까. 아무리 사소한 일을 할 때라도 그 순간만큼은 온전히 그것만을 생각하고 집중해야 합니다.

만약 당신이 하는 일에 있어 매사에 매미잡이 꼽추와 같이 정신을 집중할 수 있다면, 매미가 아니라 더한 것도 쉽게 잡을 수 있을 것입니다. 그러나 그러한 경지에 도달하기 위해서는 피나는 노력이 필요하겠지요. 꼽추가 매일매일 흙으로 빚은 공을 가지고 연습을 했듯 말입니다.

집중력도 연습입니다. 꼽추는 바로 그것을 알고 있었지요. 그저 나는 왜 이렇게 집중력이 약할까를 한탄하고 있다면, 지금부터라도 생각을 하나로 모으는 연습을 일상 속에서 해나가야 합니다.

195

변화를 준비하는 시간

육체와 정신은 분리되어 생각할 수 없습니다. 육체가 피로하면 정신이 맑을 수 없고, 정신적으로 피곤함을 느끼면 육체마저 그것에 민감하게 반응합니다. 그러므로 우리는 두 가지 요소를 최상의 컨디션으로 만들었을 때 원하는 집중력을 최대한 발휘할 수 있습니다.

그러나 복잡한 일상생활에서 이 두 요소가 모두 완전함을 바라는 것은 매우 어려운 것이 사실입니다.

일단 육체의 컨디션을 조절하는 생활습관을 가져야 합니다. 너무나 몸을 혹사시키는 것은 집중력을 저하시키는 요인입니다. 예를 들어, 매일 워크맨을 들고 다니며 음악을 즐긴다고 합시다. 워크맨이 작동하는 것은 건전지의 힘입니다. 일정시간 음악을 들으면 건전지에 충전된 전기의 힘은 떨어져 더 이상 음악을 들을 수 없게 됩니다. 그렇다면 다른 건전지로 바꾸어 주거나 충전을 시켜야 합니다.

196

우리의 육체가 움직일 수 있는 힘은 '휴식'에서 나옵니다. 그러므로 충분한 휴식은 매우 중요합니다. 피곤에 지친 육체가 우리의 의지와는 상관없이 어느 순간 그대로 멈춰 버릴 수도 있으니까요. 마치 로봇처럼.

그러나 대부분의 평범한 사람들이 쉽게 집중하지 못하는 나약한 일면을 살펴보면, 육체적으로 피곤에 지쳤다기보다는 '정신', '의지'의 나약함에서 오는 경우가 더 많습니다.

소포클레스는 이렇게 말했습니다.

"설령 육체는 노예지만, 정신은 자유다."

그만큼 인간의 정신이 내포하고 있는 영역은 무한하다고 할 수 있습니다. 우리는 육체가 나타내고 있는 그러한 인간이 아닙니다. 우리의 본질은 정신입니다. 그것은 손가락으로 이것이다, 라고 가리킬 수 있는 것이 아닙니다. 당신 속에 깃들여 있는 정신이 움직이고 느끼고, 기억하고 예견하고, 지배하고 그리하여 육체를 이끌어 나가고 있음을 잊지 마세요. 마치 신(神)이 세계를 이끌어 나가고 있듯이 정신이 우리의 나약한 육체를 이끌어 나가고 있는 것입니다.

"내가 변화하지 않는 한 세상이 변화하기를 기대해서는 안 된다."

그렇다면 만족스럽지 못한 현재의 자신을 변화시킬 주체는 무엇입니까? 그것은 바로 우리의 정신입니다.

당신이 변화되기를 간절히 원한다면, 정신의 힘을 믿어야 합니다. 우리가 생각하고 있는 이상으로 우리의 정신은 훨씬 자유롭고 이성적이며, 사려 깊고 현명합니다. 그러한 정신의 주인은 바로 나 자신이며, 마음먹은 대로 사고(思考)할 준비가 되어 있습니다. 이제 그러한 정신을 움직여 당신이 원하고자 하는 바를 이루면 됩니다. 인간 정신의 크기는 신체의 크기로 결코 측정할 수 없습니다.

위대한 시대가 시작된 곳에는 항상 인간의 새로운 정신이 있었습니다. 자신의 삶을 더욱 새롭게 열기 위해 지금 이 순간을 잘 사용해야 합니다. 조금 붉게 상기된 표정으로 지금까지 느꼈던 지루하고 답답한 삶을 조금은 다른 시각으로 바라보면 어떨까요?

키에르케고르는 "인생은 아무도 희롱하지 않는다."라고 말했습니다. 우리의 삶을 희롱 속에 내팽겨 치는 것은 어쩌면 스스로일 수도 있습니다. 지금 하고 있는 일에 몰두하고 집중하세요. 그것이 자신을 위대한 삶의 주인공으로 만드는 첩경입니다.

5
행복의 열쇠는 마음에 있다

나를 속이는 나

연암 박지원의 『연화일기(煙畵日記)』에 이런 내용이 있습니다.

어느 날 서화담(徐花潭) 선생이 길에서 울고 있는 사람을 만났습니다. 서화담 선생이 "그대는 어찌 우는가?"라고 물었습니다. 그러자 그 사람이 울면서 대답을 했습니다.

"내가 세 살에 소경이 되어 이제 40년이 되었습니다. 눈이 보이지 않으므로, 전에는 걸음을 걸을 때는 발의 의지해서 보고, 물건을 잡을 때는 손을 의지해서 보았습니다. 사람의 목소리를 들어 누구인지 분별했으니 귀를 의지해서 보았고, 냄새를 맡아 무슨 물건인지 살피니 코를 의지해서 보았습니다.

다른 사람들은 두 눈을 가졌지만, 나는 손과 발과 코와 귀가 모두 눈 아닌 것이 없었습니다. 어디 팔과 다리와 귀와 코뿐이었겠습니까? 해가 뜨고 지는 것을 낮에 피로한 것으로 보고, 물건의 모양새와 빛깔을 밤에 꿈으로 봅니다.

201

이런 것으로 아무런 장애도 없고 일찍이 의심과 혼란이 없었는데, 지금 길을 걸어오는데 갑자기 두 눈이 밝아지고 눈동자가 스스로 열리지 뭡니까? 보이지 않던 눈이 보이니 갑자기 천지가 넓고 크며, 산천이 요란하게 엉겼고 만물이 눈을 가리고 모든 의심이 가슴을 막아 버렸습니다. 그리고 나니 팔과 다리와 귀와 코는 착각을 일으키고, 내 몸 속으로 전도되어 모두 떳떳한 것을 잃어버렸습니다. 이제 모든 것이 묘연해져서 우리 집조차 잊어버려서 돌아갈 수가 없으니 이렇게 웁니다."

서화담 선생이 그의 말을 끝까지 듣고 말했습니다.

"그대가 길잡이에게 물어 보면 길잡이가 응당 말해 줄 것이 아닌가?"

우는 사람이 더 설게 울며 말했습니다.

"내 눈이 이미 밝았으니 길잡이에게 물으면 무엇하겠습니까?"

그러자 서화담 선생이 이렇게 말했습니다.

"도로 네 눈을 감으면 네가 서 있는 곳이 곧 네 집일 것이다."

눈이란 그 밝은 것을 자랑할 것이 못 됩니다. 우리가 마술을 구경할 때 마술쟁이가 눈속임을 해서 속는 것이 아니라 사실은 보는 사람이 제 자신을 속이는 것입니다.

눈이 보이지 않으면 다른 감각들이 그 역할을 대신합니다. 귀가 들리지 않으면 다른 것이 또 그것을 대신하겠지요. 물론 어느 하나라도 잃으면 그 불편함을 말로 표현할 수 없습니다. 그러나 위의 이야기에서 들려주는 이야기는 단순히 육체적인 비정상으로 인한 '불편'을 말함이 아닐 것입니다.

우리의 정신은 육체에 매여 있지 않습니다. 따라서 육체의 상태가 정신을 좌우할 순 없습니다. 그러나 이 두 가지는 무시할 수 없을 정도의 연관성을 가지고 있습니다.

잡념도 이와 마찬가지입니다. 머리 속에 가슴속에 헤집고 들어오는 잡념은 그 스스로 들어오는 것이 아니라, 내 스스로 그것을 생각하려는 의지가 발동했기 때문입니다. 아무리 떨치려 해도 안된다고 한탄만 할 것이 아니라 스스로 눈을 감고 모든 감각을 되살리려는 노력을 해야 합니다. 자기 자신을 속이지 맙시다.

때론 굉장한 육체의 불편도 '정신'에 의해 아무것도 아닌 것으로 사소해질 수 있고, 사소한 육체의 불편이 '정신'에 의해 도무지 아무것도 할 수 없는 무기력의 상태로, 심한 좌절감의 상태로 인도할 수도 있습니다. 모든 것이 마음먹기에 달려 있습니다.

장고 끝에 나온 악수(惡手)

바둑을 두는 사람들은 보통 두 부류로 나뉘게 됩니다. 하나는 속전속결로 빠르게 수를 두는 사람, 다른 하나는 한 수한 수 둘 때마다 깊게, 오래 생각하는 사람입니다. 두 가지 스타일 모두 장단점이 있게 마련입니다.

비단 바둑뿐이 아니라 세상 모든 일을 대하는 사람들의 태도가 그러합니다. 어떤 이는 순간적인 판단으로 쇠뿔도 단김에 빼는 사람이 있는가 하면, 반면에 한 가지 일을 두고 몇 번이고 고쳐 생각하며 이리하면 어찌 될까, 저리하면 어찌 될까를 다 따져 본후 실행에 옮기는 사람도 있습니다.

이러한 사람들을 두고 바둑에서 오래오래 생각하는 사람을 빗대어 이렇게 표현하기도 합니다.

"장고(長考) 끝에 악수(惡手)가 나온다."

이 말은 '오래 생각한다고 꼭 좋은 수가 나오는 것은 아니다.'라는 의미입니다.

공자도 이와 비슷한 말을 했습니다. 노나라에 계손이라는 부자 한 사람이 있었습니다. 계손은 어느 한 가지 일을 처리할 때 세 번씩이나 생각하고 난 다음에 실천에 옮기기로 유명했습니다.

공자가 이 계손을 보고 말했습니다.

"세 번씩이나 생각할 필요는 없으며, 반복하여 한 번만 더 하면 좋다."

이것은 생각이 지나치면 오히려 잘못 판단할 수 있다는 뜻입니다. 즉, 장고에 악수가 나온다는 말과 일맥상통하는 거겠지요.

어느 일이든 신중함은 꼭 필요합니다. 장고 끝에 악수라는 말을 잘못 받아들여, 고민도 하지 않은 채 덤벙덤벙 일을 처리할 수는 없는 문제입니다. 그러나 어떤 것이나 그렇듯 '지나침'에 문제가 있는 것입니다.

생각도 이와 마찬가지입니다. 생각이란 우리가 생각하고자 할 때 나타나는 것도 있지만, 우리가 인식하지 못하는 사이에 머릿속에 스며들어 버릴 때가 더 많은 법입니다. 그리고 한 번 들기 시작한 생각은 꼬리에 꼬리를 물고 그 상상을 더해 가는 법이지요.

또는 한 가지 생각에 집착되어서 한없이 깊게 빠져들기도 합니다. 그 어느 쪽이든 '과한 것'은 좋은 것이 아닙니다. 자꾸만 드는 이러저러한 생각을 몰아내기란 그리 수월한 일은 아닙니다. 그런 정도의 경지에 이르렀다면, 당신은 아마 이 자리에 있지 않고도(道)를 닦고 있을지도 모르는 일이니까요.

그러나 잡념을 만드는 것은 다름 아닌 우리 자신입니다.

"잘못된 생각을 몰아내라. 충동과 욕망을 억제하라. 그리고 이성에 따르라."

아우렐리우스의 이 한 마디를 마음속에 심어두고, 그 누구도 아닌 내가 나 자신을 지배할 수 있도록 노력합시다.

음식을 먹어도 과하면 배탈이 일어나며, 술을 마셔도 과하면 취하여 추태만 보일 뿐입니다. 무엇이든 늘 적당히 할 때 그 본연의 것이 가장 안정되게 이루어지는 법입니다.

장자의 깨달음

장자가 조릉(雕陵 : 밤나무 밭 이름)의 울타리 가에서 산책을 즐기고 있었습니다. 햇살은 따스하고, 공기는 맑아서 더없이 만족스럽게 밤나무 밑을 거닐었습니다. 그런데 까치 한 마리가 남쪽에서 날아오는 것이 보였습니다. 그 까치의 날개 넓이는 일곱 자, 눈 둘레는 한 치나 되어 보였습니다. 까치는 장자의 이마를 스쳐 밤나무 숲에 앉았습니다. 넓은 날개를 가지고도 높이 날지 못하고, 큰 눈을 가지고도 잘 보지 못했기 때문입니다. 그러니 장자의 이마를 스치고 겨우 밤나무에 앉았던 거지요.

장자는 혼자 생각에 빠졌습니다.

"저 놈은 어떤 새이기에 저리도 넓은 날개와 큰 눈을 지녔으면서도 잘 날지도 못하고 잘 보지도 못하는가?"

장자는 소매를 걷어붙이고 빠른 걸음으로 화살을 잡아, 까치를 겨누었습니다. 몸집만 거대했지 둔하기만 한 그 새를 수월하게 잡을 수 있을 것 같습니다. 그러다가 문득 한쪽을 보니 매미 한

207

마리가 나뭇가지 그늘에 앉아 있었습니다. 매미는 제 몸을 잊은 채 매우 한가롭고 즐겁게 보였습니다. 그런데 그 곁에는 사마귀 한 마리가 풀잎에 숨어 그 매미를 잡으려고 정신을 쏟고 있었습니다. 사마귀도 매미처럼 제 몸을 잊은 것 같았습니다.

장자가 다시 까치를 보니, 그 새는 사마귀를 잡기 위해 정신이 쏠려 자신을 잊고 있었습니다. 장자는 그만 이 상황을 보며 놀랐습니다. 매미가 한가로이 풍경에 빠져 있는 동안 사마귀는 매미를 잡으려고 정신이 쏠려 있고, 사마귀가 저를 잊은 동안 까치는 이 사마귀를 잡으려 또 정신이 쏠린 것입니다. 까치 또한 장자가 자신을 잡으려 한다는 것을 깨닫지 못하고 있었습니다. 그렇게 큰 눈을 가지고 있으면서도 말이죠.

장자는 까치를 잡으려고 애쓰던 자신이 한낱 미물들과 같음에 두려워졌습니다. 까치를 잡으려고 자신을 잊은 동안, 또 다른 것이 자신을 잡으려 할지도 모르니까요. 장자는 이 사실을 깨닫고 탄식하고, 화살을 버리고 도망치듯 달아났습니다. 그 순간 밤 숲을 지키던 관리인이 그를 밤도둑이라고 착각하고, 장자의 뒤를 쫓으며 꾸짖기 시작했습니다. 장자는 집에 돌아와서 석 달 동안을 뜰 앞에도 나오지 못했답니다.

생존(生存)은 곧 사는 것입니다. 그러나 단순히 사는 것이 아니라 주위의 모든 위험과 압력, 두려움 따위를 물리치며 자신을 지탱해 나가는 위대한 행위이기도 합니다. 그러나 우리는 이 어려운 게임에 자신을 그냥 방치해 두는 경우가 허다합니다. 바로 위의 매미나 사마귀나 까치처럼 말입니다.

언제 누가 우리를 잡아먹기 위해서 눈을 부릅뜨고 있는지 모릅니다. 우리가 늘 긴장하지 않으면 안 되는 이유가 여기에 있습니다. 그냥 무턱대고 늘어지고 평안함에 정신을 놓고 있다가는 우리는 어느 한 순간 나보다 더 힘 있는 것의 먹이가 될지도 모릅니다.

사실 이런 말은 삶을 건조하게 만들고 사람들을 비인간적으로 만들어 버립니다. 그러나 그것이 현실인 이상 받아들여야 할 것은 받아들일 수밖에 없겠죠.

가장 경계해야 할 적들은 보이는 적들이 아니라 시시때때로 우리 마음에 파고드는 불신이나 자신감 상실, 미움과 타락, 게으름과 나태 등 눈에 보이지 않는 적들입니다. 늘 이것이 호시탐탐 당신을 노리고 있지 않나 살펴보세요. 우리는 까치처럼 큰 눈과 넓은 날개를 가지고도 보지 못할 때가 허다하니까요.

천년을 기다린 침향

절에 가면 우리는 향냄새를 맡을 수 있습니다. 혹은 제사를 지내는 집이라면 가끔 향을 피우기도 합니다. 높은 산자락에 맑은 기운을 가득 담고 고즈넉하게 자리 잡은 절에 가면 우리는 마음이 평안해짐을 느낄 수 있습니다. 종교적인 문제를 떠나서 절이 주는 느낌은 안정입니다. 아마도 그 곳을 감싸는 향냄새가 주는 느낌이 아닐까요.

"향을 피우는 데서 얻는 이로운 점은 여러 가지가 있다. 고결한 학자들이 진리와 종교를 두고 논할 때 한 줌의 향을 피우면 심혼이 자못 맑아지고 마음이 흐뭇하리라. 깊은 밤 사경에 이르러 달이 홀로 하늘 높이 뜨고 차갑고 쌀쌀한 기운이 피부에 스며들며, 인간 세상을 멀리한 것 같은 맑고 엄숙한 기운이 천지 사이에 가득 찰 때, 사람의 마음을 온갖 근심으로부터 해방시켜 주어 저절로 휘파람을 불게 해주는 것은 바로 향이라고 할 수 있다.

밝은 들창 가까이에서 고서의 필적을 살피거나, 또는 파리채를 손에다 들고 한가로이 시를 읊조리거나, 혹은 방의 등잔불 밑에서 정신없이 책을 읽을 때, 향은 졸음을 몰아내는 데 큰 구실을 하는 것이다. 고로 향을 일러 '고반월(古伴月)'이라 부르는 것이다."

현대인에게 향이란 것은 생활 속 깊이 자리 잡지 못하고 있는 반면, 우리 선조들은 '향'에 대한 생각이 남달랐음을 보여 주는 글귀입니다. 그만큼 향은 머리를 맑게 하고 심리적인 안정을 주나 봅니다. 은은한 향기도 그렇거니와 사풀사풀 피어오르는 연기를 보고 있노라면 마음이 평안해집니다. 그것은 주변을 감싸고 있는 기계의 기름 냄새, 온갖 향료의 음식 냄새, 역한 담배 연기와는 전혀 다른 느낌이지요.

민간 풍속이긴 하지만 이사할 때 짐을 들여놓기 전, 집안 곳곳에 향을 피우기도 합니다. 그러면 그 집에 있었던 악귀들이 물러간다고 믿었습니다. 현대 과학에서 향의 성분 중 벌레가 싫어하는 성분이 타들어 가면서 벌레를 쫓아내고, 습한 기운을 몰아내 주는 역할을 하는 것이라고 증명되었습니다.

잘 자란 참나무를 잘라 물 속에 넣어둔 채 천년이 지난 후, 그 나무로 향을 만든 것을 침향이라고 합니다. 천년의 세월 동안 물 속에서 썩지 않고 그윽한 향기를 내는 나무가 된 것입니다.

만약 시체를 물 속에 천년 동안 넣어두면 부패하고 썩어 좋지 않은 냄새를 내겠지요. 그러나 침향의 향기는 그 어떤 것으로도 흉내 내고 만들어 낼 수 없을 만큼 아름답다고 합니다. 요새도 침향이 존재하는지 모르겠습니다.

우리 조상들은 천년을 두고 향을 만들어 내는 정성을 들였으니 향에 대한 애착이 얼마나 남달랐는지 알 수 있습니다. 향을 하나 피우면서 우리도 향기 있는 사람이 되기를 소망합니다.

사람의 마음이 맑고 아름다울 때, 우리의 향기가 자신도 모르게 널리널리 퍼집니다. 머리를 맑게 하는 것에 그치지 않고 탁하고 오염된 마음까지도 맑게 가꿀 수 있는 사람이 됩시다. 천년이나 향기를 내기 위해 기다려온 침향처럼 말입니다.

아름다운 주름살

나이가 들면 얼굴에 주름살이 집니다. 눈가에, 이마에, 입 주변에 원하지도 않는 주름살들이 하나둘 생기게 됩니다. 여자들은 주름에 매우 민감하게 반응해서 주름을 예방하는 화장품을 바르기도 합니다. 그러나 아무리 화장품을 바르고 마사지를 하고, 심지어 수술을 한다고 해도 세월의 표시인 주름살은 우리 얼굴에 흔적을 남겨 놓지요.

중년의 아주머니, 아저씨들이나 혹은 할아버지, 할머니들의 주름살을 자세히 본 적이 있나요? 가끔 지하철이나 혹은 사람이 많은 곳에 가면 사람들의 얼굴을 관찰하는 버릇이 있습니다. 가만히 상대방의 얼굴을 바라보고 있으면 그 사람의 성격이 조금은 드러나기도 합니다. 바로 표정과 주름살 때문입니다.

어떤 할아버지의 주름살은 골이 깊고 각이 졌다고 할 만큼 딱딱해서 분명히 웃고 있는데 도리어 화가 난 것 같은 표정을 하고 있었습니다. 또 어떤 할머니의 주름살은 부드럽게 곡선을 이루

213

어, 금방이라도 선하게 웃으실 것 같은 표정이었습니다. 좀 나이가 든 사람의 얼굴을 보면 저 사람이 평소에 화를 많이 내는 사람인지 잘 웃는 사람인지, 신경질적인 사람인지 무표정한 사람인지를 알 수가 있습니다. 그의 주름이 그것을 말해주기 때문입니다. 나무에 한 해 한 해 나이를 가늠해 주는 나이테가 있듯이, 인간에게는 주름이 생기는 것인가 봅니다.

어린 시절부터 신경질적이고 화를 잘 내는 사람은 나이가 들어서 보기 흉한 주름이 집니다. 그것은 피할 수가 없는 자연 현상입니다. 왜냐하면 화를 낼 때 얼굴 근육이 긴장되고, 매번 반복되는 그 표정이 그대로 굳어져 딱딱하고 보기 흉한 주름을 만들게 됩니다.

그러나 반대로 늘 많이 웃는 사람은, 그 웃음선대로 주름이 생겨 나이가 들어서는 온화한 인상을 주게 되는 것이지요.

사람의 표정이란 첫인상에 많은 영향을 미치게 됩니다. 어쩔 수 없이 생기는 주름이라면 이왕이면 웃음으로 아름답게 만들어지는 주름이 되어야 하지 않을까요?

철학자 데카르트는 이렇게 말했습니다.

"남을 증오하는 감정이 얼굴의 주름살이 되고, 남을 원망하는 마음이 고운 얼굴을 추악하게 변모시킨다. 감정은 늘 신체에 대해서 반사운동을 일으킨다. 사랑의 감정은 신체 내에 따스한 빛이 흐르게 한다. 그리고 맥박이 고르며 보통 때보다 기운차게 움직인다. 또 사랑의 감정은 위장의 활동을 도와 음식 소화를 잘 시킨다. 이와 반대로 남을 원망하고 미워하는 감정은 혈액순환을 방해하는 동시에 맥박을 급하게 하며, 위장 운동이 정지되어 음식을 받지 않으며, 먹은 음식은 부패되기 쉽다. 그렇기 때문에 사랑의 감정은 무엇보다도 먼저 건강에 좋은 것이다."

화내고 미워하는 감정은 그 상대방에게 피해를 주는 것이 아니라, 바로 내 자신에게 돌아오는 것입니다. 만약 당신이 작은 일에도 잘 흥분하고, 벌컥벌컥 화를 내는 타입이라면 이제 그 횟수를 줄여가야 할 것입니다. 그 성급한 성격이 병을 부르고, 얼굴의 주름살을 더 깊게 만들기 때문입니다.

우리도 언젠가는 늙습니다. 그럴 때 당신 얼굴에 남아 있을 주름살이 어떻게 만들어지길 원하십니까?

🖐 당신이 화를, 분노를, 증오를, 미워함을 한 번씩 줄여갈 때마다 당신은 하루하루 아름답게 늙어 가는 방법을 익히고 있는 것입니다. 아름다운 주름살을 만들어 가세요. 지금부터.

악마의 유혹

어느 오락 프로그램에 '악마의 유혹'이라는 코너가 있었습니다. 어떤 개인의 성향에 반대되는 행동을 하도록 유도하도록 몇 단계의 유혹을 던지는 것입니다.

겁이 없는 사람도 있었고 짠돌이 소리를 들을 정도의 사람도 있었습니다. 대개 이 유혹은 늘 악마의 패배로 끝나고 말지만, 가끔 유혹에 넘어가는 경우도 종종 있습니다. 사실 이러한 유혹뿐 아니라 은밀하고 교묘한 정말 뿌리치기 힘든 유혹들이 세상에 널려 있기 마련입니다.

마음의 흔들림도 하나의 유혹입니다. 특히나 이 유혹은 어떤 외적인 요인이 아니라 자신의 내부에서 발생하는 것이어서 더욱 뿌리치기 어려운 유혹입니다. 사실 자신을 이길 수 있는 사람이 무엇이든 이겨낼 수 있는 것입니다. 그만큼 스스로를 절제하고 극복할 수 있는 사람을 찾기란 쉬운 일이 아니지요.

우리의 정신은 무한한 가능성을 열어두고 있는 동시에 수많은 유혹의 손짓 속에 방치되어 있습니다. 그 유혹을 단절시키기는 힘듭니다. 그러나 우리는 정말 필요할 때 과감하게 유혹을 잘라버려야 합니다. 그것이 바로 '절제'입니다. 머리 속에 들끓는 수많은 잡념의 강 속에서 당신이 헤어날 올 수 있는 유일한 길은, 칼로 무를 베어버리듯 일순간에 이뤄져야 할 것입니다.

그렇게 하기 위해서는 우리에게 어떤 계기가 필요합니다. 바로 당신이 진정 원하는 것을 이루려는 마음이 절실해져야 한다는 것입니다. 이래도 그만 저래도 그만이라는 식의 우유부단한 태도를 버리지 않는 이상, 당신은 끊임없는 잡념의 미로에서 길을 찾지 못하고 방황하게 될지도 모릅니다.

P. 발레리는 인간의 육체를 은밀히 조종하는 것은 '정신'이라고 말했습니다.

"인간의 육체나 욕구가 어느 정도 진정되어지지가 무섭게 내부의 심층에서는 무엇인가가 동요하여 인간을 뒤흔들고, 눈을 뜨게 하고 지휘하고, 자극을 주고 은밀히 조종하는 것이다. 그 무엇인가가 바로 정신이다. 무궁무진한 의문들이 가득 차 있는 정신이다. 정신은 우리의 내면에 누가, 무엇이, 어디서, 언제, 왜, 어떻게, 무슨 방법 등등의 질문을 끊임없이 제기한다. 정신은 과거를 현재에, 미래를 과거에, 가능성을 확실성에, 이미지를 사실에 대립시킨다. 정신은 진보된 것인 동시에 낙후된 것이다. 또한 건설

하는 것이면서 파괴하는 것이고 우연한 것이며 계산된 것이다. 그러므로 정신은 현존(現存)하지 않는 것으로 바로 비현존의 도구이다."

우리는 정신의 양면성에 갈피를 잡지 못할 때가 많습니다. 정신은 건설하는 것이면서 파괴하는 것이다, 라는 말이 인상적입니다. 당신의 정신은 지금 건설 중입니까, 아니면 파괴하는 중입니까? 어쩔 수 없는 이러한 정신의 양면성을 일단은 인정합시다. 인정하지도 못한 채 어떠한 발전의 방향성을 찾는 것은 무리일 테니 말입니다.

그리고 나서 우리는 튼튼한 건물을 세우듯 우리의 정신에 철근을 세우고 시멘트를 입히고 전기선을 깔아가야 합니다. 외양을 무시하는 것은 아니지만 구조가 허술해서는 그 건물은 쉽게 무너지고 마니까요.

난초를 곁에 두면 향기로워지고, 썩은 생선을 곁에 두면 악취가 납니다. 우리의 마음도 그 곁에 무엇을 두느냐에 따라 다른 모습이 됩니다. 영혼과 정신을 맑게 해주는 것이 무엇인지 세심하게 살피고, 아름답게 가꾸가야 합니다.

마음의 울타리를 넘어

봄이 되니 왜 그렇게 졸리고 날씨는 왜 그렇게 좋은지, 왜 갑자기 하고 싶은 일은 부지기수로 생기는 걸까요?

'세상은 넓고 할 일은 많다.' 라고 어느 대기업 회장은 말했지만, 현실적으로는 세상은 답답하고 짜증나는 것뿐이고 우리가 할 수 있는 일은 별로 없습니다. 주위 사방이 다 높은 벽으로 막혀 있고, 나를 옭아매고 있는 것 같아서 당장이라도 울타리를 뛰어넘어 훌훌 자유롭게 떠나버리고 싶은 마음뿐입니다.

조금만 참으라는 말도 한두 번이지요. 듣기 좋은 노래도 계속 들으면 싫어지기 마련인데 이루어지지도 않을 꿈 같은 일을 말하니 허무하게 느껴질 만도 하지요. 거기에 가족도 친구도 이 답답한 마음 하나 알아주는 이 없고, 세상에 오로지 혼자 동떨어져 버린 것 같은 외로움마저 생겨버릴 지경입니다.

그래서 신경질도 내보고 짜증도 부리고, 분노가 이는 마음을 주체할 수가 없어 화도 내봅니다. 그렇지만 그것도 잠시뿐 아무

것도 변한 것은 없습니다. 이 답답한 마음을 어찌해야 할까요.

마르쿠스 아우렐리우스는 『명상록』에서 그 해결책을 이렇게 제시했습니다.

"고통은 수치가 아니며, 또한 그것은 당신의 이성을 타락시키지도 않는다. 대부분의 경우 에피쿠로스가 말한 '당신이 제멋대로 과장하여 생각하지 않는 한, 고통이란 참을 수 없는 것도 아니며, 영원히 계속되는 것도 아니다.' 라는 말을 상기하면 큰 힘이 된다. 또한 우리를 불쾌하게 하는 것들, 예를 들면 매우 덥다든가, 전혀 식욕이 없다든가 하는 것들도 사실은 일종의 고통이다. 따라서 이러한 것들에 불평이 나오려고 할 때면 자신에게 말하라. '나는 지금 고통에 굴복하고 있다.' 고 말이다."

당신은 지금 고통에 굴복하고 있지는 않나요? 분노하고 짜증 나는 모든 것들에 무릎을 꿇은 채, 고통이 원하는 대로 행동하고 있는 건 아닌지 살펴보세요. 이왕 겪어야 할 일이라면 굴복하지 말고 과감하게 맞서보기로 마음을 바꿔 보면 어떨까요?

🍃 툭툭 고통의 어깨를 쳐보며 "너 따위한테는 지지 않아."라고 웃어 넘긴다면, 당신도 모르는 새에 어두운 일상(日常)이 환하게 밝아질 것입니다. 우리가 굴복해야 할 대상이 절대로 고통이나 분노, 짜증이 될 수는 없습니다.

불평하지 않는 삶

아침을 맞이할 때 "나는 인간다운 일을 하기 위해 일 어난다."라고 생각해 보세요.

당신은 이불 속에서 누워 따뜻하게 지내기 위해 이 세상에 태어났습니까? 어떤 사람은 '이불 속에 누워 있는 게 나로선 더 없는 만족이다.'라고 생각할지도 모릅니다. 물론 그렇게 지내는 것이 이불 속에서 일어나 어떤 일이 생길지 모르는 하루를 시작하는 것보다 편안하기는 합니다. 그러면 당신이 이 세상에 태어난 이유가 아무런 일도, 아무런 노력도 하지 않는 것입니까?

나무들, 새들, 곤충들, 심지어 미생물조차 모두 우주의 질서에 따라 스스로의 역할을 수행하느라 바쁘게 움직이고 있습니다. 하물며 만물의 영장인 '인간'으로 태어난 우리가 할 일은 정말 수도 없이 많습니다. 그 알 수 없는 '할 일'을 제대로 하기 위해서라도 인간에게는 안식이 필요합니다. 그리고 자연은 우리를 위해 휴식을 마련해 놓았습니다. 그러나 휴식도 지나치면 사람에게 해롭습니다.

우리는 어쩌면 먹고 마시는 데 때로는 한계를 벗어나 그 이상을 취하고 있는 것처럼, 휴식도 한계를 벗어나고 있습니다. 그 반면 어떤 일을 성취하기 위한 노력, 행동 등 '움직임'은 최소한으로 줄이려 하고 있습니다.

이러한 행동은 자기 자신을 진실로 사랑하지 않는 사람의 행동입니다. 왜냐하면 자기 자신을 진실로 사랑한다면 당연히 자신의 본성을, 그리고 그 본성을 추구하기 위한 의지를 사랑할 것이기 때문입니다.

자신의 직업을 사랑하는 사람들은 모든 정열을 쏟아 일에 몰두하다 심한 경우 밥을 먹는 것도, 잠자는 것도 잊은 채 일에 몰두합니다. 그들은 자신이 선택한 가치 있는 일을 위해서는 기본적인 침식조차 희생시킬 준비가 되어 있습니다.

인간은 자신의 재주만 가지고는 훌륭해질 수 없습니다. 그렇다면 무엇이 그를 훌륭하게 만드는 걸까요? 그것은 누구나 가지고 있는, 자신의 내부에서 존재하고 있는 성실, 존엄, 근면, 절제 등이 조화를 이룰 때 가능할 것입니다.

당신은 이들 미덕이 선천적으로 자신의 것이 아니라고 부정할수는 없습니다. 그럼에도 불구하고 당신은 여전히 수준 이하의 행동을 합니다. 그러한 성품이 태어날 때부터 부족했다는 핑계로 남들에게 인색하고 아첨하고 불평합니다. 헛된 명예를 추구하고 허세를 부리지만, 마음속은 여전히 불안한 상태에 있습니다.

결코 그렇게 살아서는 안 됩니다. 아니, 벌써 오래 전에 그러한 생활을 정리했어야 마땅합니다. 이성이 인도하는 바에 따라 살아가겠다고 결심한다면, 그러한 생활은 언제든지 청산될 수 있습니다. 이와 같은 사실을 알면서도 불평하는 생활을 계속하는 것보다 더 나쁜 것은 없습니다.

지금 당신의 영혼이 무엇을 추구하고 있는지 항상 되물어보는 습관을 기르십시오. 또한 이 순간 누구의 영혼이 자리 잡고 있는지 스스로에게 물어보세요. '어린아이의 영혼인가, 게으름뱅이의 영혼인가, 그렇지 않으면 우둔한 짐승의 영혼인가?'를 항상 생각한다면, 지금 당신의 마음속을 가득 채우고 있는 분노와 짜증에서 조금은 자유로워질 수 있을 것입니다. 왜냐하면 당신의 근본은 아름다운 영혼을 가진 사람이기 때문입니다.

　　세상일에 불평하지 마세요. 소박하고 친절하고 솔직해지세요. 말과 행동을 삼가하고, 허세를 부리지 마세요. 이러한 미덕들은 지금 당장이라도 당신의 것이 될 수 있습니다.

사랑의 호르몬

『개미』의 저자 베르나르 베르베르는 여섯 살 때 뜰에서 개미와의 운명적인 만남을 통해 개미 박사가 되었습니다. 이 소설을 읽고 있으면 그가 개미에 대해 얼마나 박식한지를 알 수 있습니다. 개미는 그의 생활의 전부라고 해도 과언이 아닐 정도입니다.

그의 책 중에 『상대적이며 절대적인 지식의 백과사전』이 있습니다. 이 책은 그가 열네 살 때부터 쓰기 시작했는데, 대학 졸업 후 과학 잡지 《누벨 옵세르바퇴르》에서 저널리스트로 활동할 당시 세계의 저명한 과학자들과 접촉한 경험이 더욱 풍부한 내용을 만들었습니다. 이 책에 보면 「호르몬과 페로몬」이라는 부분에 이런 내용이 나옵니다.

"인간이 두려움이나 즐거움이나 분노를 느끼게 되면 내분비샘에서 호르몬이 분비되는데, 그 호르몬은 인간의 몸 내부에만 영향을 끼친다. 호르몬은 외부와 교류하지 않고 몸 안에서만 순환한다. 지금 어떤 사람이 어떤 감정을 느껴서 심장 박동이 빨라지려 하거나, 땀이 나려 하거나, 얼굴을 찡그리려 하거나, 소리를 지르려 하거나, 울려 한다고 치자. 그런 것은 그 사람의 일일 뿐 다른 사람들은 그를 덤덤하게 바라볼 것이다. 때에 따라서는 연민의 눈길로 바라보기도 할 터이지만 그것은 이성이 그렇게 판단했기 때문이다.

그런데 개미가 두려움이나 즐거움이나 분노를 느끼게 되면, 호르몬이 몸 내부에서 순환할 뿐만 아니라 몸 바깥으로 나가 다른 개미들의 몸 안으로 들어간다. 몸 밖으로 나가는 호르몬을 '페로-호르몬' 또는 '페로몬'이라고 하는데, 이것이 있는 덕분에 개미들은 한 마리가 소리치려 하거나 울려고 하면 수백만의 개미가 동시에 같은 상태가 되는 것이다. 남들이 경험한 것을 똑같이 느낀다는 것, 자기 자신이 느낀 것을 남이 똑같이 느끼게 한다는 것은 놀라운 감각임에 틀림없다."

정말 놀라운 일입니다. 한 개미가 느끼는 감정을 수백만의 개미가 동시에 느낄 수 있다니 말입니다. 만약 사람이 이와 같다면 불행할 때나 슬플 때나, 괴로울 때나 화날 때 행복한 생각을 하는 한 사람을 데려다 놓고 감정이입을 할 수 있을 텐데 참 아쉬운 일입니다.

남이 경험한 것을 똑같이 느낀다는 것은 인간에게는 주어지지 않는 능력입니다. 우리는 그저 타인의 감정이 어떠하겠구나 하고 추측만 할 수 있습니다. 인간이 개미가 아닌 이상 자신의 감정을 남들이 알아주지 못한다고 해도 어쩔 수 없습니다.

그러나 다른 시각으로 생각해 봅시다. 한 마리의 개미가 분노를 느꼈을 때 다른 모든 개미들도 똑같이 그 분노를 느낍니다. 그러나 그것뿐 다른 개미들은 처음 분노를 느낀 개미에게 무엇을 해줄 수 있겠습니까? 따뜻한 말 한마디, 따스한 눈빛, 자상한 마음을 표현할 수 있을까요? 물론 서로 더듬이로, 혹은 그들만의 독특한 의사소통 방법으로 전달할 수 있을지 모르겠습니다.

만약 지금 당신이 분노하고 짜증을 내고 있다면 아마도 당신 가족이나 친구들은 그러한 당신을 보면서 염려하고 있을 것입니다. 인간에게 개미가 갖고 있는 페로몬은 없지만, 그런 화학 물질보다 더 중요한 '사랑'이라는 감정이 넘칩니다. 당신과 가까운 사람들은 그러한 '사랑'으로 당신을 위로해 주고 문제를 해결하도록 도와줄 것입니다.

🐟 나 하나의 감정이 주변 사람들에게 미치는 영향을 생각하세요. 우리는 개미가 아니지만 당신을 사랑하는 사람들은 당신의 분노를 함께 느끼고 있습니다. 내 주변 사람들을 평안하게 하는 것은 바로 내가 먼저 평안해지는 것입니다.

분노의 도화선

      "우리가 일상생활에 있어서 가장 조심해야 할 것은 사소한 감정을 어떻게 처리할 것인가에 있다. 사람은 흔히 큰 불행에 대해서는 체념을 갖지만, 조그마한 기분 나쁜 일에 대해서는 도리어 감정을 억제하지 못한다. 그러니 우리가 마음의 준비를 할 것은 큰 불행보다는 사소한 일에 있다. 사소한 기분 나쁜 일들은 하루에도 몇 번씩 생기고 또 그 사소한 일들이 도화선이 되어 큰 불행으로 발전하는 일이 적지 않기 때문이다. 감정이란 그릇이 기울면 엎질러지는 물과 같은 것이니, 늘 조심성 있게 다룰 필요가 있다. 일단 기울면 평화와 조화가 파괴되는 것을 염두에 두고 기울기 쉬운 순간에 억제해야 한다."

    이 글은 알랭의 『행복어록』에 나와 있는 내용입니다. 화가 나거나 분노가 치미는 것은 알랭의 말대로 아주 사소한 일일 수 있습니다. 정말 분노해야 될 때 분노하지 않고 뒤로 숨어 버리는 비겁함이 도처에 널려 있는 세상이니까요.

그것은 자신의 사소한 불이익에만 민감하게 반응하는 인간의 모습을 반영하는 것입니다. 예를 들어 강도를 당한 타인을 구하기 위해 몸을 던지는 것은 그곳에 서서 구경하는 수많은 사람들 중 겨우 한 명뿐이니까요.

인간은 어쩔 수 없이 자신만을 생각하는 이기성을 가지고 있습니다. 일단 그 이기적인 면을 인정합시다. 그렇다면 이제 우리는 분노와 짜증이라는 이 불쾌한 감정을 어떻게 처리해야 하는지 생각해야 합니다. 사실 분노를 억제만 하는 것이 좋은 것은 아닙니다. 화가 날 때는 화가 났다고 표현해야 합니다. 기분 나쁠 때는 나쁘다고 얘기할 수 있는 것도 용기입니다. 자신의 감정을 일부러 속일 필요는 없습니다.

그러나 그것을 표현하는데 있어서 정당하고 이성적인 것인지, 아니면 단순히 제 분에 못 이겨 날뛰는 망아지의 모양새로 나타나는지 잘 생각해 보기 바랍니다. 그리고 가장 중요한 것은 자신이 정말 분노할 일에 분노하고 있는지, 아니면 그냥 넘길 수도 있는 문제에 화를 내고 있는지 살펴보세요. 만약 전자라면 당당히 분노를 표현해야 하지만 후자라면 자신의 감정을 절제 못하는 못남을 스스로 드러낸 것과 마찬가지니까요.

스피노자는 "인간이 그 감정을 지배하고 있는 무력함, 이것을 나는 노예상태라 부른다. 감정대로 좌우되는 인간은 스스로의 주인이 될 수 없기 때문이다. 그리고 우연의 힘대로 지배되기 때문이다."라고 말했습니다.

어쩌면 우리는 내 속에 들어 있는 감정의 '노예'가 되어 살고 있는지도 모르겠습니다. 우리는 자신의 감정을 기초로 해서 무엇이 옳은 것인지 무엇이 그른 것인지, 무엇이 착하고 무엇이 나쁜지를 이성적으로 평가하는 것입니다. 이로써 명예에 눈이 먼 사람은 명예 이상으로 바라는 것이 없고, 돈에 눈이 먼 사람은 돈밖에 모르게 됩니다.

당신의 감정은 어떤 도화선에 반응합니까? 그것이 정말 정당하고 옳은 것인지 아니면 단순한 이기성에 의한 것인지를 잘 생각해 보고 나서, 화를 낼 것인지, 분노할 것인지, 짜증을 낼 것인지 행동으로 옮기세요. 한 번 더 생각하기, 이것이 당신을 평안하고 좋은 사람으로 만드는 첩경입니다.

감정을 지배하고 있는 무력함에 빠진 사람은 노예상태에 있는 것과 마찬가지입니다. 이성보다 감정에 의해 좌우되는 인간은 스스로의 인생에 주인이 될 수 없습니다.

네 종류의 인간상

불교 경전에 보면 부처님이 코사라국의 왕 바세나디의 방문을 받고 그를 위하여 한 이야기가 나옵니다. 여기에는 인간을 네 종류로 나누었습니다.

"대왕이시여, 이 세상에는 네 종류의 인간들이 있습니다. 어둠에서 어둠으로 가는 인간들, 어둠에서 빛으로 가는 인간들, 빛에서 어둠으로 가는 인간들, 빛에서 빛으로 가는 인간들이 그것입니다.

그러면 어둠에서 어둠으로 가는 사람은 어떠한 사람일까요. 여기에 한 사람이 있어 천한 집안에 태어나 가난한 생활을 하고 나쁜 행동을 하고 입으로는 더러운 말만 하고 나쁜 마음을 품고 있다면 어떻게 되겠습니까? 그는 이 세상에서는 나쁜 업을 지니고 죽은 후에도 나쁜 곳으로 가야 합니다. 이러한 사람은 어둠에서 어둠으로 가는 것이라 할 수 있지요.

다음에 어둠에서 빛으로 가는 사람은 어떠한 사람일까요. 여기

230

에 한 사람이 있어 천한 집안에 태어나 가난한 생활을 하고 있으나 그는 좋은 일을 하고 좋은 말을 하고 좋은 마음을 품는다면 어떻게 됩니까? 그는 이 세상에 있어서는 좋은 업을 계속하고 죽은 후에는 좋은 곳에 태어나겠지요. 어둠에서 빛으로 간다는 것은 이러한 사람을 말하는 것입니다.

또 빛에서 어둠으로 간다는 것은 이런 것입니다. 여기에 한 사람이 있어 고귀한 집안에 태어나 부유하고 행복한 생활을 하지만 몸, 입, 마음의 세 가지 업에 있어서 그릇된 일을 하지요. 그는 이 세상에서는 악업을 계속하고 죽어서는 나쁜 곳에 떨어지게 됩니다. 빛에서 어둠으로 간다는 것은 이러한 사람을 가리켜서 하는 말입니다.

마지막으로 여기에 한 사람이 있어 고귀한 집안에 태어나 부유하고 행복한 생활을 하며 몸, 입, 마음의 세 가지 업에 있어서 좋은 일을 합니다. 그는 이 세상에서 좋은 업을 쌓고 죽어서도 선한 곳에 갑니다. 빛에서 빛으로 간다는 것은 이러한 사람을 말하는 것입니다."

인간은 다양한 면모를 지니고 있습니다. 아무리 온유하고 착한 사람도 악한 면이 있고, 천하의 악인이라 할지라도 선한 면이 있습니다. 그 다양성 중에서 어떤 면이 부각되어 나타나는가에 따라 그 사람의 객관적인 평가가 달라지는 거겠지요.

어둠에서 어둠으로 가는 사람, 어둠에서 빛으로 가는 사람, 빛에서 어둠으로 가는 사람, 빛에서 빛으로 가는 사람, 이 네 가지 중 당신은 과연 어떤 사람인가요?

당신이 어둠 속에 있다 하더라도, 계속해서 어둠의 길을 향해 걸어가서는 안 될 것입니다. 또한 빛 속에 있다 하더라도 자만해서는 안 될 것입니다. 왜냐하면 자신이 걷고 있는 길이 어둠인지, 빛인지 구별할 수 있는 현명함을 가진 사람이 몇이나 되겠습니까. 만약 그 현명함을 가졌다 하더라도 평생 빛의 길을 가리라는 법은 없으니까요.

언행(言行)을 조심하라는 옛말을 되새겨 봅니다. 말과 행동으로 자신을 격하시키고, 타인에게 상처를 주는 것은 곧장 어둠의 나락으로 떨어지는 지름길입니다. 사람이란 자신이 존경하고 사랑하는 것보다 자신이 싫어하고 미워하는 것을 닮아가기 쉬운 존재입니다.

노발충관(怒髮衝冠)의 지혜

중국 진(秦)나라 수도 함양의 홍문에서 초(楚)나라
의 항우(項羽)와 한(漢)나라의 유방(劉邦)이 만났을 때의 일입니
다. 항우의 군사 중에 범증이란 사람이 있었습니다. 범증은 자신
의 부하에게 명하여 검무를 추게 하고 은밀히 유방의 목을 노렸
습니다.

그렇지만 유방의 부하 중 그 계략을 먼저 눈치 챈 사람이 있었
습니다. 이 자가 번쾌입니다. 번쾌는 비열한 계략을 쓰는 항우에
게 분노하여, 자신도 모르게 머리카락이 뻣뻣하게 섰습니다. 그
리고는 무서운 눈으로 항우를 노려보았습니다. 번쾌의 이런 태
도를 눈치 챘기에 유방은 위기 상황에서 벗어날 수 있었다고 합
니다.

인간이나 동물이나 노하면 털이 뻣뻣하게 일어나는 것인데 이
노발이 갓을 찔렀다는 뜻으로 '노발충관(怒髮衝冠)'이라는 한자
성어가 생겨난 것입니다.

233

여기서 유래한 '갓을 찌른다'라는 표현이 바뀌어 우리나라에서는 '노발대발한다'는 표현이 생겨났습니다.

모든 '분노'가 부정적인 것만은 아닙니다. 분노해야 할 때 분노하는 것은 용기이며, 자신을 위험 속에서 구해내는 원동력이 될 수도 있습니다. 이런 분노는 도덕과 용기의 무기가 됩니다.

그러나 우리는 많은 경우 그렇지 않은 때 분노를 터뜨리기가 일쑤입니다. 분노는 타인에게도 해를 입히지만, 정작 분노에 휩싸인 자신에게 더 유해할 수 있습니다. 그것을 절제하지 못할 때 심신의 괴로움은 더욱 거세집니다.

"화를 낼 줄 모르는 사람은 바보이고, 화를 내지 않는 것은 현명한 사람이다."라는 영국 속담이 있습니다. 또한 "맛있는 음식은 저녁에 먹고, 화가 날 말은 내일로 미루라."라는 일본 속담도 있습니다.

당신이 화를 낸 날들을 헤아려 보시기 바랍니다. 하루에도 몇 번씩 화를 내고 있진 않은가요. 혹은 매일매일 끊이지 않고 화를 내고 있진 않습니까? 그런 날들을 조금씩 줄여 가는 연습을 해보세요. 골이 나거든 무엇인가를 말하거나 행동으로 옮기기 전에 일단 마음속으로 천천히 열까지 세어봅시다. 그래도 분노가 걷히지 않거든 백까지 세어보고, 그래도 안 되거든 천까지 세어 보세요. 그러는 동안 걷잡을 수 없었던 당신의 분노가 조금씩 가라앉는 것을 느낄 수 있을 것입니다.

대수롭지 않은 일에 분노하고 짜증을 내는 것을 자제하세요. 이것이 반복된다면 당신이 정말 분노해야 할 중요한 순간에 당신의 분노는 제역할을 다하지 못할지도 모릅니다. 마치 늑대가 나타났다고 매일 거짓말을 하다가, 정작 진짜 늑대가 나타났을 때는 아무도 믿어주지 않았던 소년의 이야기와 마찬가지로 말입니다.

노하는 것은 굴러 떨어지는 물건과 같아서 그 떨어져 부딪힌 물건 위에서 깨어진다는 말도 있습니다. 한 번 화를 낼 때 당신은 한 번 부서지는 것입니다. 백 번 화를 낸다면 당신 자신은 백 번 부서져 당신도 모르는 사이에 갈가리 찢겨지고 있습니다.

235

부처님의 발걸음

어느 날 부처님이 사비티라는 마을에 들어갔습니다. 그 마을의 교외에는 무서운 도적이 살았습니다.

부처님이 마을에서 기거한 얼마 후, 도적이 살고 있다는 교외로 향하기 시작했습니다. 소치는 농부들이 부처님의 모습을 보고 큰 소리로 외치며 말렸습니다.

"사문이여, 그 길로 가면 앙그리마라는 무서운 도적이 있어요. 그는 아주 잔인해서 사람 죽이는 것쯤은 아무렇지도 않게 여깁니다. 그러니 그곳으로 가지 말고, 발길을 돌리십시오."

농부들은 여러 번 주의를 주었지만, 부처님은 아랑곳하지 않고 그 길로 걸어갔습니다.

이윽고 한적한 길이 나왔습니다. 주위에는 아무도 없었고 음산한 기운마저 느껴졌습니다. 잔인하기로 소문난 앙그리마는 숨어 있다가 부처님의 모습을 발견했습니다. 그리고는 혼자 중얼거렸습니다.

236

"허, 거 참 이상한 일이네. 요사이는 대개 열 명, 스무 명이 떼를 지어서가 아니고는 이 길을 지나가는 사람들이 없는데 저 사람은 혼자서 오다니 말야. 후후, 겁도 없는 놈이군. 어디 한 번 잡아 볼까?"

앙그리마는 부처님을 미행하였습니다. 그런데 어찌된 일인지 제 아무리 발걸음을 재촉해도 유유히 걷고 있는 부처님을 따라갈 수가 없었습니다. 이번에는 뛰어도 보았습니다. 그러나 부처님과의 거리는 좁혀지지 않았습니다. 앙그리마는 화가 나기 시작했습니다. 그리고는 부처님을 향해 소리를 치기 시작했습니다.

"어이! 사문아, 걸음을 멈춰라!"

그제야 부처님은 걸음을 멈춘 다음 그를 돌아보고 말했습니다.

"나는 발걸음을 멈추었으니, 당신도 멈추시오"

이 말이 이상한 힘을 가지고 앙그리마의 마음을 흔들었습니다. 그가 발걸음을 멈추었을 때, 그의 내면을 가득 채우고 있던 사악한 마음까지 모두 멈추어 버린 것이었습니다.

발걸음을 멈추는 것이나 악(惡)을 멈추는 것이나 같은 말입니다. 앙그리마는 부처님에게 발걸음을 멈추라고 했지만 부처님은 그에게 악을 멈추라고 한 것이었습니다. 바로 이 말이 앙그리마의 마음을 친 것이었지요. 앙그리마는 그 자리에 엎드려 사죄하고 부처님의 제자가 되었다고 합니다.

내 속에 분노가 가득 차 있을 때는 내가 분노하고 있다는 것조차 느끼지 못한 채 잘못된 행동이나 말로 더러운 것이 밖으로 쏟아져 나옵니다.

우리는 외부 환경이나 타인에게서 받은 악에 대해서는 화를 내고 싸우지만, 자신 속의 악과는 싸우려고 하지 않습니다. 이제 당신을 지배하고 있는 분노의 감정으로부터, 화나는 마음으로부터 한 걸음 벗어나 그 자리에 멈추세요.

눈과 귀를 다른 쪽으로 돌리면 도처에 다른 것이 있습니다. 그곳에 지금 당신이 보고 있는 것보다 훨씬 아름다운 인생이 펼쳐져 있다는 것을 잊지 마세요.

🌸 만약 우리들이 배 위에 있으면서 그 배 위의 물건을 보고 있으면, 배가 움직이는 것을 느끼지 못하게 됩니다. 그러나 멀리 있는 언덕을 보고 있으면, 그 배가 움직이고 있음을 알 수 있습니다. 우리 속의 악한 마음, 분노하는 마음도 이와 같습니다.

난초를 곁에 두면 향기로워지고

썩은 생선을 곁에 두면 악취가 납니다.

우리의 마음도 그 곁에 무엇을 두느냐에 따라

다른 모습이 됩니다.